骆玉明给孩子讲红楼梦

宝玉挨打

骆玉明 ◎ 著

天地出版社 | TIANDI PRESS

序

《红楼梦》怎么读

· 骆玉明

我们在这里解读《红楼梦》，这是一部伟大的小说。它不仅名列中国古典小说所谓"四大名著"之首，而且是公认的世界名著。它的外文译本已有几十种。

《红楼梦》问世到现在差不多有250年，一代又一代，无数读者被它感动，为之痴迷，而且呢，为此发生各种各样的争执。比如说一个很有名的话题，就是人们总喜欢问：《红楼梦》里你喜欢谁？或者更具体的，薛宝钗和林黛玉，你喜欢谁？为此争吵起来，打起来都是常有的事儿。

《红楼梦》说了什么呢？它的中心线索是一个爱情故事，但小说的内容要丰富得多。我们做一个最简单的概括，大概可以这样说：作者以广阔的视野，描述了他所处的时代和社会。通过贾府这一贵族世家衰败的过程，写出一群年轻人怎样和自己的命运作种种抗争，希望获得人的自由，获得人的尊严，希望争取到更美好的人生。

西方一句谚语说："有一千个读者，就会有一千个哈姆雷特。"伟大的文学作品都有一种特点，就是它的内涵非常丰富，阐释的空间非常大。对于《红楼梦》的主旨,它的人物与思想,也是有各种不同的理解,很多事情,专家、学者们争执不休,简直没有尽头。

这样就有一个问题:这样的一部书,少年人能读吗?读得明白吗?

我由此想起自己最初读《红楼梦》的经历。那是小学五年级或者六年级,读的是一种分成四册的本子,拿上手就完全放不下来,连续不停地读了三天两夜。后来和朋友们闲谈时知道,像我这个年纪就迷上《红楼梦》的,并不罕见。

那么,我们不可能完全读不懂吧?否则怎么可能如此入迷呢?

但是要说能读得有多明白,也根本不可能。说实话,《红楼梦》有些情节隐含的意味,我是最近重读时才懂的,它仍然会不断给我带来震惊。

我们这样说吧:少年人读《红楼梦》是可能的,也是有益的,这可以让他们通过这部伟大的文学经典,比较早地了解复杂的人性,思考人和世界的关系。

但是,这种阅读确实又有很大的难度。少年人,恐怕有不少面对《红楼梦》茫然无措,望洋兴叹。

我希望自己能够给大家一些帮助。希望通过我的解读,使大家感受到,读《红楼梦》,实在是一个令人感动的、兴致盎然的过程。它让你长见识,也让你开心。

我在为少年人解读《红楼梦》时,主要关注它的三个难点,尽力把这些难点说清楚。

说《红楼梦》不容易读懂,首先一个问题,是它写的人物非常复杂。你不仅很难简单地分辨哪些是正面人物,哪些是反面人物,你也很难简单地说喜欢谁或者不喜欢谁。譬如王熙凤,她心狠手辣,在《红楼梦》里害死人命最多。可是这个人物形象仍然有迷人之处,完全不喜欢王熙凤的人,我到现在一个也没遇到过。

这是因为,《红楼梦》是用一种很深刻的眼光来看待人性。作者是洞察人心的,知道人性的善,也知道人性的恶,知道人性常常是由复杂因素交织而成的状态。因此,你读《红楼梦》的人物的时候,你会对人生得到一种新的认识,你会想人究竟是怎么回事儿。

那么,需要做的事情是什么呢?我会用心解析这些人物性格的各个层面,说清楚其性格特点是怎样形成的,它和人物的生存处境、人物的命运是什么关系,以及这些不同的性格要素如何融合成一个鲜活的整体。也就是说我们需要找到深刻地理解人物的途径,精确地把握人物的方法。这就是我们这套书所要完成的第一个目标。

《红楼梦》比较难读的第二个原因,在于它的故事是一个错综复杂的网状结构,各种线索交错起伏。有时候,你在前面不经意地读到了一句话,可能根本就没在意。但是,这一句话其实包含了丰富的信息,它对整个故事的发展,是一条重要的伏线。也许,你在读到十几回以后,才发现前面的那句话原来大有深意,但是也有可能,你就一直疏忽过去了。因此,你读过《红楼梦》,但很多地方是粗糙的,模糊的。

那么,我们要做什么呢?在这本书里,我在保持原著的基本脉络、故事进程的同时,把复杂交错的线索重新加以清理,必要时适当调整叙事的次序,使得故事线索更加明朗化,使那些体现故事进程和人物性格的主脉以一种凸显的鲜明的状态呈现在读者的面前。

读《红楼梦》,第三个难点是什么呢?这部小说跟西方小说完全不一样,跟中国的其他几部名著也不一样,它在很多地方使用了诗的笔法。

我们知道诗歌重视含蓄和暗示,它是一个等待作者介入,等待作者参与的文学空间。诗歌要是把什么东西都说明白了,这诗基本上就完蛋了。《红楼梦》是小说,却有诗的特点。它在很多地方轻轻地一笔带到以后,就不再说下去,或者,它的一段故事情节,它所描写的人物活动,真正的含意并不是文字表面上的东西。这就需要读者以自己的情感和生活经验去投入这样一个文学世界，去体会人物心理，理解作者的用心。你如果疏忽过去，就不能真正体会小说的美。

那么，我们要做什么？我就试图和大家一起，仔细推究隐藏在文字背后的内容，理解那些诗意的、飞白的方式所要表达的东西。我们一起进入《红楼梦》世界的深处，在云烟飘绕之处与作者展开一番对话。

除了上述三个难点，这本书还关注一个问题：曹雪芹的《红楼梦》原稿只留下前八十回，我们现在读到的一百二十回本，后四十回是由后人续写的。那么，后四十回跟前八十回到底是一种什么关系？如果它所设计的结局不符合作者的本意，那么原著预设的人物命运、故事结局应该是什么样的？这一方面，我也会尽量寻找可靠的依据，描绘出大致的轮廓。这样，我们对曹雪芹想写的《红楼梦》，会获得比较完整的认识。

我还想说明的是：虽然，这本书为了适应少年读者的需要，文字力求晓畅易懂，但我并没有把对《红楼梦》的解读浅显化；它有足够的深度，任何一位成年读者，都能够在这里找到新鲜的和令人兴奋的东西。

好了，朋友们，我就说这些。我相信，你读了这本书，会对《红楼梦》产生很大的兴趣。一个中国人，有没有好好读过《红楼梦》，那是不一样的。

目录

55讲 痴心与痴情　1

56讲 兄弟之恨　8

57讲 马道婆　16

58讲 一块手帕　22

59讲 蝴蝶与金蝉　29

60讲 情思昏昏　36

61讲 葬花吟　42

62讲 姐姐和妹妹　51

63讲 贾母的想法　57

64讲 怡红院的风波　64

65讲 史湘云和二婶婶　72

66讲 爱情宣言　78

67讲 金钏儿之死　86

68讲 三重罪　92

69讲	宝玉挨打	100
70讲	主仆想到了一起	107
71讲	分成两派	115
72讲	小戏子龄官	121
73讲	大观园诗会	128
74讲	两个老太太	135

75讲	礼出大家	143
76讲	三小姐的闺房	150
77讲	不同寻常的尼姑	158
78讲	板儿和巧姐	165
79讲	思想教育	172
80讲	同一天的生日	180
81讲	生日闹剧	187
82讲	宝玉赔礼	193

痴心与痴情

上一讲我们说到贾芸应宝玉之约到他书房来，结果空跑了一回。宝玉其实忘了这件事，第二天他去了北静王府，晚上才回来。

回到房里，身边的几个丫鬟恰好都不在，宝玉就自己拿了碗去倒茶。只听背后有人说道："二爷仔细烫了手，让我们来倒。"一面说，一面走上来，把宝玉手里的茶碗接了过去。

宝玉没留意有人走近，倒吓了一跳。宝玉接过泡好的茶，一面喝茶，一面仔细打量那丫鬟：穿着几件半新不旧的衣裳，倒是一头乌黑的头发，细巧身材，十分俏丽干净，宝玉笑起来问道："你也是我这屋里的人么？"那丫鬟道："是的。"宝玉道："我怎么不认得？"那丫鬟听说，就冷笑了一声道："认不得的也多，岂只我一个。从来我又不递茶递水，拿东拿西，眼

骆玉明给孩子讲 **红楼梦**

见的事一点儿不作，那里认得呢。"宝玉就问："你为什么不作那眼见的事？"那丫鬟就回答："这话我也难说。"

我们现在要简单介绍一下宝玉房里丫鬟的分工。她们在不同的时期会有所增减，大概算起来总共有十五六人。虽然都是奴仆，却也有等级区别，这种等级直接体现在月例银（每个月的津贴）上。身份最高的是袭人，她的月例是一两银子，她原来就是贾母身边的大丫鬟；第二等的是晴雯、麝月、秋纹、绮霞、碧痕、茜雪这些人，月例是一吊钱，她们和袭人一起负责宝玉的日常生活起居；第三等的丫鬟拿的月例是五百钱，她们干各种杂活。上面说到的丫鬟，宝玉不认识她，因为她是低等的丫鬟，从来不在宝玉身边做事。

但我们看上面这段描写，会发现这个丫鬟身份虽低，性格却不懦弱。她对宝玉说话的态度，透着一种倔强。由此可以知道，她一点也不小看自己。

说完了前面的一段话，那丫鬟又说道："只是有一句话回二爷：昨儿有个什么芸儿来找二爷，我想二爷不得空儿，便叫焙茗回他，叫他今日早点来，不想二爷又往北府里去了。"

说到这里，我们已经知道她就是前日贾芸遇见的丫鬟。她曾经使劲看了贾芸两眼，又目送贾芸离去。

前面她和宝玉的对话中，宝玉问她为什么不做使他看得见的活儿，丫鬟回他"这话我也难说"，你是不是觉得有点奇怪？下面的情节就是对这句话的解释。

两人正说话时，只见秋纹、碧痕两个丫鬟共提着一桶水，嘻嘻哈哈地走进来，一路磕磕绊绊，泼泼洒洒的。那丫鬟便迎上去接。秋纹、碧痕正互相抱怨，忽见走出一个人来接水，二人抬头一看，原来是小红。小说终于在这里交代了这个丫鬟的名字。

二人见了小红都很诧异，再看看房里只有宝玉，便心里大不自在。等宝玉脱了衣裳要洗澡，二人就走到那边房里找小红，问她方才为什么走到里屋去，又跟宝玉说了什么。小红连忙解释，说是因为手帕子不见了，到后头去找，正好二爷（就是宝玉）要喝茶，屋里没有人，所以她就进去给二爷倒了茶。

秋纹听了，对着小红的脸啐了一口，骂道："没脸的下流东西！正经叫你催水去，你说有事，倒叫我们去，你可等着做这个巧宗儿。""巧宗"在这里是指好机会。小红是不是故意让秋纹她们走开，找机会跟宝玉接触呢？小说里没有交代，作者把这个问题交给读者自己去理解了。我不知道你是怎样认为的，反正秋纹是这样想的。

为什么小红给宝玉倒一次茶，秋纹她们要如此气愤呢？因为小红僭越了身份，三等丫鬟做了二等丫鬟的事。秋纹说："一里一里的，这不上来了。难道我们倒跟不上你了？你也拿镜子照照，配递茶递水不配！"碧痕也跟着讥讽小红。二人你一句我一句羞辱小红，告诉小红她只配在外面干杂活，别痴心妄想。

这一段故事，在《红楼梦》里好像并不重要，却是大有意味。丫鬟本是奴仆，她们容易受人欺压，对于人与人之间的不平等本来应该是最敏感的。但秋纹和碧痕的表现，却告诉我们一种很普遍的现象：**有不少人，在受别人欺压的同时，也很乐意欺压比自己地位更低的人。**他们认为这是理所当然的，即使是在底层之中，也还有等级之分。这个小小的细节，引发我们去思考人类社会的大问题。

她们正闹着，只见有个老嬷嬷进来，传王熙凤的话：明日有人带花匠来种树，叫丫鬟们留意些，别到处乱跑。这传话的意思是，叫丫鬟别跟那些种树的男人碰上了，体现出古代社会讲究的"男女大防"。

秋纹就问嬷嬷："明儿不知是谁带进匠人来监工？"那婆子道："说什么后廊上的芸哥儿。"秋纹、碧痕听了都不知道，那小红听见了，心里却明白，知道是昨儿外书房见到的那人了。

原来这小红本名叫红玉，只是这"玉"字犯了黛玉、宝玉的名字，别人就把这个字给隐藏起来，都叫她"小红"。小说中介绍红玉虽然是个没有多少经历的丫鬟，却因自己有三分容貌，心里着实痴心妄想，要往上攀高，常常想在宝玉面前露露脸。可是宝玉身边一干人都不好惹，小说里用了一个词，叫"伶牙俐爪的"，她哪里插得下手去。今天才倒了一杯茶，就遭秋纹等一场恶意训斥，她心里就灰了一半。

小红心里觉得没意思，便闷闷地回到房中，睡在床上胡思乱想，翻来覆去。忽听窗外有人低低地叫道："红玉，你的手帕子我拾在这里呢。"红玉听了忙走出来看，说话这人不是别人，正是贾芸。红玉不觉得羞红了脸，问道："二爷在那里拾着的？"贾芸一面笑着说话，一面就上来拉她。那红玉着急回身一跑，却被门槛绊倒。吓醒过来，啊，原来是一场梦。

第二天早晨起来，小红也懒得梳洗，马马虎虎梳理一下，就来打扫房屋。

谁知宝玉昨儿见了小红，也就留了心。早晨起来，他隔着纱屉子向外仔细看，只见好几个丫鬟在那里扫地，都是涂脂抹粉，戴着花插着柳的，一副蠢笨浅俗的样子，就是不见昨儿那一个。

宝玉就趿拉着鞋晃出了房门，这里瞧瞧，那里望望，一抬头，就看到西南角游廊底下的栏杆上，有一个人靠在那里。可是挺遗憾，面前有一株海棠花遮着。宝玉只好又转了一步，再仔细一看，可不就是昨儿那个丫鬟靠在那里出神吗？

借宝玉的视角，我们看到一幅美丽的画面：一个十六七岁正当青春的女孩，隔着一株海棠花，影影绰绰地倚靠在游廊下的栏杆上。她有迷茫的相思，无所着落的爱情。她就失落在这里面，忘记了周围的人群和现实的生活。

小红在宝玉房里算是三等丫鬟，但她朦胧的爱情同样美丽。这正是《红楼梦》的伟大之处，作者绝不会认为，一个社会身份低的人，他们的命运，他们的故事，他们的悲欢，就会变得不重要。作者仍然以极大的热情和艺术力量，去精心述说他们的故事，让所有人为之感动。

再说小红正在那里出神，袭人过来招呼她，让她到黛玉那里去借一个喷壶。小红就走出来，往潇湘馆去。走过一座桥，抬头一望，只见山坡上高处都是拦着帷幕的，才想起今天有花匠在里头种树。她转身一望，只见那边远远一簇人在挖土，而贾芸正坐在一个山石上。

小红想要过去，却又不敢过去，只得闷闷地到了潇湘馆，取了喷壶回来，无精打采地回房里躺着。别人只是以为她身体有什么不舒服，也不和她多说。

小红和贾芸之间会发生真正的爱情故事吗？他们会有什么样的结果？这需要过一个阶段才能知道。而小说的情节，在这之后又转换到宝玉和贾环两个人身上。这一对同父不同母的兄弟之间，会发生什么样的冲突呢？我们下一讲再说。

兄弟之恨

上一讲我们说了丫鬟小红为了贾芸而痴迷的故事。就在这之后的一天，贾环上完课，到王夫人房里给她请安，王夫人命他抄写并念诵《金刚咒》。

这件事情隐含着一些问题。要说清楚的话，我们首先要理解王夫人和贾环之间的关系。

在古代礼法制度中，庶出的孩子，要把父亲的正妻认作嫡母。这个嫡母，你也可以理解为正式的母亲。母亲还有什么正式不正式的吗？这么说吧，嫡母就是法律意义上的母亲。嫡母对庶子，在教育和生活管理方面拥有绝对的主导权，而庶子对嫡母在礼仪上的敬重，也要远远超过生母。比如贾环必须早晚向王夫人请安，对亲生母亲赵姨娘却没有这个规定。

我们回溯一下前面发生的故事。有一次，贾环在薛宝钗那里跟小丫鬟莺儿赌钱，发生了争执。回到自家屋里，他告诉赵姨娘，说"莺儿欺负我，赖我的钱，宝玉哥哥把我撵走了"，赵姨娘就骂他："下流没脸的东西！那里顽不得？谁叫你跑了去讨没意思！"

这时正巧王熙凤从窗外经过，正好听见了这些话，王熙凤隔着窗就斥责赵姨娘："说这些淡话作什么！"淡话就是没意思的话，又说："他现是主子，不好了，横竖有教导他的人，与你什么相干！"就是说赵姨娘没有资格管教贾环。而赵姨娘此刻一句也不敢反驳。

赵姨娘生了两个孩子：儿子贾环、女儿贾探春。探春后面有很多重要的故事，我们先不多说，只先简单提一句：这姐弟俩性格几乎是相反的。其中一个重要的原因，是探春在老太太身边长大，受到老太太的气派和智慧熏陶。而王夫人呢？她心思全在宝玉身上，又非常厌恶和鄙视赵姨娘，对教育贾环一点兴趣也没有。所以贾环基本上是由赵姨娘养大的，他的猥琐、自私，都近似赵姨娘，他根本就不像个贵公子。

王夫人为什么让贾环抄写和念诵《金刚咒》呢？书中没有明说，但我们可以做一些推断：

《金刚咒》是佛教里面的一种咒语，据说念诵它有很大的功德，可以消除人的罪孽，使曾经作恶的人改变心态，同时也可以免除作恶留下的报应。王夫人无疑感受到贾环身上有一种邪恶的气息，她怕这种邪恶的气息会对宝玉产生影响。如果

《金刚咒》确实可以消除业障，那么贾环的业障消除了，变成善良之辈，宝玉就会更加安全。这对贾环本人也有好处，作为嫡母，王夫人也会觉得自己尽了管教的责任。

王夫人很少理会贾环。所以贾环接受了任务以后，一下子觉得自己很重要，情不自禁地对几个丫鬟拿腔作势起来，一会儿叫谁倒杯茶来，一会儿叫谁剪剪蜡花，一时又说谁挡了灯影，让他抄不好书了，反正事多得很。丫鬟们素日厌恶他，都不怎么搭理他。

丫鬟中只有彩霞和贾环合得来，她倒了一杯茶递给贾环，又瞧着王夫人不注意，悄悄地提醒他别这么夸张、讨别人嫌。贾环却不高兴了，说："我也知道了，如今你和宝玉好，把我不答理，我也看出来了。"彩霞咬着嘴唇，向贾环头上戳了一指头，说道："没良心的！狗咬吕洞宾，不识好人心。"

这个情节透露了一个信息：彩霞和贾环之间，存在着某种特殊的关系。你也许吃惊了：这么猥琐的贾环，也有女孩喜欢他？这里面自有道理，我们后面再说。

这时王熙凤和宝玉从外面做客回来了。宝玉见了母亲，规规矩矩说了几句话，就让人脱去外面的衣服和靴子，一头滚在王夫人怀里。王夫人"用手满身满脸地摩挲抚弄他"，这种宠爱，当然是贾环从来没有经受过的，他看在眼里，非常明白自己跟宝玉完全不一样。

宝玉在外面喝了酒，王夫人让他静静躺一会儿，又叫彩霞

兄弟之恨

来替她拍着，就是拍小孩一样哄宝玉睡觉。宝玉和彩霞说笑，只见彩霞淡淡的，不大搭理，一双眼睛只向着贾环那边看。宝玉便笑道："好姐姐，你也理我理儿呢。"一面说，一面拉她的手，彩霞把手甩开，便说："再闹，我就嚷了。"

宝玉在荣国府是个宝贝，他又对女孩特别好，善于献殷勤，所以丫鬟们大都喜欢他。而彩霞的态度却大不一样。她不仅对宝玉冷淡，还有几分严厉。

这是为什么？你也许想，可能是萝卜青菜，各人所爱。

但事情不是这么简单。彩霞是个极聪明的女孩，她作为王夫人房中的大丫鬟，是王夫人的一个重要的帮手。她愿意对贾环好而不愿搭理宝玉，那是因为宝玉是她够不着的人。表面上的殷勤、亲热，可能会让人心情舒服，但对改变她的处境却毫无作用。而贾环尽管毛病很多，谁见谁厌，但怎么着也是贾府的少爷。如果将来能够跟他在一起，人生处境就有可能发生极大改变。赵姨娘不就是例子吗？赵姨娘就是从丫鬟成为了贾政的妾，成为了半个主子。

宝玉跟彩霞的对话，贾环都听得见。他平时就恨宝玉，如今又见他和彩霞闹，心中越发咽不下这口气。贾环是一个恶毒而简单的人，遇事不会做复杂深远的考虑，他见宝玉和自己相距很近，便拿一盏油汪汪的蜡烛灯，装作失手，把蜡烛灯朝着宝玉脸上一推，想用蜡烛灯里的蜡油烫瞎宝玉的眼睛。

滚烫的蜡油泼上去，只听宝玉"嗳哟"了一声，满屋子的人都吓了一跳。仔细一看，只见宝玉满脸满头都是油。王夫人又急又气，一面让人赶紧替宝玉擦洗，一面骂贾环。幸亏结果没有那么严重，宝玉左边脸上烫了一溜燎泡出来，眼睛倒是没事。

这时王熙凤三步两步地上炕去替宝玉收拾着，一面笑道："老三还是这么慌脚鸡似的，我说你上不得高台盘。赵姨娘时常也该教导教导他。"

王熙凤何等聪明而尖刻，她话里藏话，暗示贾环未必是无意的过失。可是真要追究起来，不仅闹得动静太大，也找不到明确的根据。但她相信，如果贾环有意使坏，那根子一定在赵姨娘身上，是她把种种低贱恶劣的念头灌输给贾环的。

一句话提醒了王夫人，那王夫人不再骂贾环了，而是让人把赵姨娘叫过来，骂赵姨娘："养出这样黑心不知道理下流种子来，也不管管！几番几次我都不理论，你们倒得了意了，越发上来了！"

赵姨娘曾经斥责贾环，当时王熙凤说她没有资格管，如今贾环闹出事来，王熙凤和王夫人又骂她，说她没有管教好贾环，还骂她的儿子是"下流种子"，完全不顾贾环和宝玉是同一个父亲。可是赵姨娘没有办法争辩，这一场恶气，只能往肚子里吞。但这种恶气不断地往肚子里吞，也必然会酿出新的恶果。

赵姨娘地位低下，脑子又不灵，虽然一股恶气在肚子里

兄弟之恨

翻腾，但是她有什么能力去报复王夫人和王熙凤呢？但世上的事情往往是这样：一个人心里有严重的恶念，总会有恶人来帮他。

这个恶人第二天就来了。她叫马道婆，是个巫婆式的人物。我们下一讲就说说马道婆。

~宝玉生病~

沉酣一梦终须醒
冤孽偿清好散场

马道婆

上一讲我们说到贾环起了歹念，拿滚烫的蜡油烫伤了宝玉。为了息事宁人，宝玉在祖母面前撒了个谎，说是自己不小心弄伤的。贾母非常心疼，但也没有办法。

第二天，有个马道婆进荣国府来给贾母请安。所谓"道婆"是干什么的呢？就是信佛或信道而没有正式出家的女人，有时候也为寺庙跑腿打杂。譬如尼姑庵需要和有钱人家打交道，道婆来来往往就比尼姑方便一些。这个马道婆就是常到荣国府来的，她做的事情，主要是让贾府的人出钱在寺庙里买平安。

马道婆见了宝玉，吓了一大跳，问起缘由，原来是不小心烫的，便点头叹息一回，然后手上指指点点，嘴里嘟嘟囔囔，这么搅和了一阵子，说好了，管保没事了。

马道婆

　　对于马道婆来说，他人的灾难就是一个机会。她捣鼓完了，转过来就对贾母说，大凡那王公卿相人家的子弟，一生下来，暗里就有许多促狭鬼（一种小气、刻薄、爱干坏事的鬼）跟着他，让那些富贵子弟没法好好长大。贾母听到她这么说，就赶紧问这有什么佛法可以解除，马道婆就介绍贾母捐钱到她们庙里点一种长明灯，供奉大光明普照菩萨，可以保佑儿孙康宁安静。贾母想了一下就答应了，但允诺捐的钱并不多。她对马道婆这个人和她介绍的方法不是很相信，不过也可以尝试一下，至少没有坏处。

　　那马道婆又坐了一会儿，又到别处问安问好，过了一会儿就来到赵姨娘房里。两人难免也说起给菩萨上供的事。说着，赵姨娘叹口气道："阿弥陀佛！我手里但凡从容些，也时常的上个供，只是心有馀力量不足。"她一个丫鬟出身，没什么钱。

马道婆劝慰说:"你只管放心,将来熬的环哥儿大了,得个一官半职,那时你要作多大的功德不能?"

但这个遥远的期待并不能让赵姨娘平静下来。她鼻子里笑了一声,说道:"如今就是个样儿,我们娘儿们跟的上这屋里那一个儿!也不是有了宝玉,竟是得了活龙。"宝玉是她第一个仇恨的对象。要是没有宝玉,贾环就是贾政唯一的儿子,那还不是要风得风,要雨得雨?贾府的钱财,自然滚滚地向她流过来。

赵姨娘仇恨宝玉是出于利益上的动机,在感情上,她更仇恨的是另一个人。这个人是谁?她竟然不敢说出她的名字,只是说:"我只不服这个主儿。"一面说,一面伸出两个指头儿来。

马道婆会意,就问道:"可是琏二奶奶?"赵姨娘吓得连忙摇手,走到门前,掀帘子向外看看,确定没人才进来向马道婆悄悄说道:"了不得,了不得!提起这个主儿来,真真把人气杀……明儿这一分家私要不都叫他搬送到娘家去,我也不是个人。"

王熙凤会把贾家的财产搬到王家去吗?实在是没有根据。但在赵姨娘看来,贾家的财产将来应该是由贾环继承的,现在王家的人在贾府里作威作福,必然有可疑之处。王熙凤对于赵姨娘来说,是可恨又可怕的人。说起来就是八个字:咬牙切齿,心惊胆战。

马道婆看到了赵姨娘的仇恨。前面我们说过,他人的灾难

马道婆

就是马道婆的机会，而仇恨，则意味着更大的机会。

马道婆开始试探起来。她说王熙凤这么胡作非为，谁还不知道呢？奇怪的是贾府众人"只凭他去，倒也妙"。这里"倒也妙"三个字说得意味无穷：你们怎么会不想办法对付她呢？实在是很不正常啊！

赵姨娘感慨地说："我的娘，不凭他去，难道谁还敢把他怎么样呢？"那意思是说，不是不想，是不敢做啊！不敢做又是为什么呢，是因为能力达不到。

赵姨娘心里的魔鬼已经探出脑袋了。如果仇恨是足够的，只是力量不够，我可以借力量给你——这是马道婆的言论。只见马道婆鼻子里一笑，半晌说道："你们没有本事！也难怪别人。明不敢怎样，暗里也就算计了，还等到这如今！"这对于懦弱而卑鄙的人来说，是最好的方案，因为暗里算计既有可能达到目的，又能逃脱惩罚。

赵姨娘听懂了话里的意思，心里欢喜，说道："我倒有这个意思，只是没这样的能干人。你若教给我这法子，我大大的谢你。"

一个阴暗罪恶的计划，经过一番试探，终于制订出来了。

下面就是价码的问题。

赵姨娘不是说"大大的谢你"吗，马道婆接过这个话，表示：我是不忍心看你们娘儿们受别人委屈，跟我说什么谢呢？就算是我图你的谢意，你又有什么东西能打动我呢？这话里的意思是：你跟我说谢，你能拿出多少银钱谢我？

赵姨娘给出的是远期利益，如果马道婆的办法灵验，把宝玉和王熙凤灭了，明日这贾府的家产就都是贾环的了，那时马道婆要什么没有呢？

这个对马道婆是不够的，她需要切实的利益和切实的保障。

最后俩人达成的方案是，赵姨娘拿出她现有的积蓄，并写下五百两银子的欠条。这些积蓄是多少，小说里没有数字，只说是"白花花的一堆银子"，那就不会很少了，几十两总是有的。欠条上，赵姨娘摁下了手印。她也没想过要绕一个弯来做这件事情。这真是一个贪婪、恶毒而愚蠢的女人。

马道婆的法术是什么样的呢？只见她收了银子和欠条，往裤腰里掏了半晌，掏出十个纸铰的青面白发小鬼来，还有两个纸人，让赵姨娘把宝玉和王熙凤的生辰八字写在纸人上，每个纸人分配五个鬼，塞在各人的床上。这是中国古代流传很久的巫术，从皇宫到民间都有，只是具体操作方法有所不同。

马道婆这次来到荣国府，做了两笔买卖。一笔是收了老太君的钱，供奉菩萨，保佑宝玉；一笔是收了赵姨娘的钱，施巫术害死宝玉与王熙凤。这两件事放在一起做有点不合适吧，马道婆是不会这么考虑的。

你这么聪明，肯定注意到一个细节：马道婆答应为赵姨娘施巫术，可是她并没有回去做准备，直接就从裤腰里掏出了纸

马道婆

鬼和纸人。马道婆来荣国府之前,并不知道赵姨娘有害人的念头,她和赵姨娘是经过试探才走到一起去的。作者在这里是不是有个破绽?

这正是《红楼梦》常有的精妙之笔。从这个细节里,我们可以知道:那些施巫术要用的东西,马道婆总是随身带着的,只要发现谁有足够的仇恨,她就会拿出这些"鬼"来。你可以说,马道婆也是一个鬼,她时刻在等待仇恨的召唤。

《红楼梦》写了当时社会中各种各样的人物,马道婆是很有特色的一个,小说通过她揭示了古代社会一个阴暗的角落。这个人物在《红楼梦》里出场很少,而就在有限的篇幅中,小说对她做了异常精妙的刻画,使人印象深刻。伟大作家对生活、对人性的把握,令我们钦佩。

马道婆的法术,按照小说的写法,竟然是非常灵验的。王熙凤和宝玉几乎被害死。幸亏《红楼梦》里多次出现的两位大仙,一个癞头和尚和一个跛足道人又现身了,才把宝玉和王熙凤救活。这里包含着一些神话的内容,以及古代人对巫术作用的看法,我们就不多说了。对于马道婆与赵姨娘合谋害人的故事,我们需要关注的是在贾府这种贵族世家中,由于嫡庶之争而发生的尖锐冲突,以及在某些人物身上,表现出来的人性中的卑劣成分。由此我们能够更好地理解人和人所组成的社会。

到了这里,我们把赵姨娘暂且放下。下一讲接着说小红和贾芸的故事。

一块手帕

上一讲我们说到赵姨娘和马道婆合起伙来,用巫术害宝玉和王熙凤,使得这两个人都病了很久,病得很重。宝玉生病的时候,小红和贾芸都守着宝玉。小红看见贾芸手里拿的手帕,很像是自己从前丢失的,但要问贾芸,也不好问的。等到宝玉的病好了,贾芸继续种树去了,小红想把这件事放下,心里又放不下,闷闷的很不快活。

正在小红神魂不定之际,一个名叫佳蕙的小丫鬟欢欢喜喜地跑进来,坐在床上,笑道:"我好造化!"就是说,我运气真好。什么事情这么开心?原来佳蕙帮宝玉送茶叶到黛玉那里去,可巧老太太那里给黛玉送钱来,黛玉就把这些钱分给她的丫鬟们,见佳蕙进来,黛玉就也抓了两把给她。小丫鬟一面说,一面把手帕打开,把钱倒了出来,叮叮当当响着,让小红

一块手帕

给她收起来。佳蕙人小，没有心事，两把铜钱就能开心很久。这跟小红的郁闷是个对照。

佳蕙看到小红闷闷不乐，无精打采，就想办法安慰她。怎么安慰呢？佳蕙说："我想起来了，林姑娘生的弱，时常他吃药，你就和他要些来吃，也是一样。"她刚刚从黛玉那里得到两把铜钱，感觉林姑娘是好人，跟她要点药吃也是可以的，她的药好，吃了病就好了。这是小孩子的想法。可是药也能胡乱吃吗？小红斥了她一句："胡说！"

读了《红楼梦》你会知道：文学没有无关紧要的地方，也没有可有可无的人物。每一个生命都有自己的光彩。佳蕙这么一个最不起眼的小丫鬟，作者写起来也是很动人的。

一会儿小红去宝钗住的院子取一支毛笔，途中遇到了宝玉的奶妈李嬷嬷。两人迎面遇上了，小红就随口打个招呼，问她："李奶奶，你老人家那去了？"

李嬷嬷站住，把手这么一拍，说道："你说说，好好的又看上了那个种树的什么云哥儿雨哥儿的，这会子逼着我叫了他来。"

小红本来就是随口一问，可是李奶奶说出来的，确实是一个重要的消息。她要从中找到机会。于是小红笑道："你老人家当真的就依了他去叫了？"就是说，宝玉叫你去叫芸儿，你真的就叫了吗？李嬷嬷道："可怎么样呢？"这是第一步确认，确认宝玉的邀请传达到了贾芸那里。

按道理说，宝玉邀请贾芸，贾芸不太可能拒绝，这里面有个身份的关系。但也不能保证绝无意外是吧，于是还需要进一步确认。小红笑道："那一个要是知道好歹，就回不进来才是。"这话的意思是，贾芸应该拒绝了吧？李嬷嬷道："他又不痴，为什么不进来？"这就完成了第二步确认。

既然已经确认了贾芸肯定要来宝玉的院子，进一步还要确认他什么时候来、怎样进来，这样才能巧妙安排，制造机会。

于是小红接着说："既是进来，你老人家该同他一齐来，回来叫他一个人乱碰，可是不好呢。"李嬷嬷道："我有那样工夫和他走？不过告诉了他，回来打发个小丫头子或是老婆子，带进他来就完了。"说着，拄着拐杖自顾自就走了。

这段对话你仔细读了吗？你仔细读就能读出小红这女孩的精明。她就跟李嬷嬷这么随便地说着，别人也根本不明白她的意思，但是她已经从闲聊中获得了最需要的信息。

小红听李嬷嬷说完，就不着急去宝钗那儿拿毛笔了，她站在原地出神。她在等什么？你注意李嬷嬷说的话，她说一会儿会派一个小丫鬟或老婆子去把贾芸带进来。那么小红就要等，要知道是谁把贾芸带进来。

一会儿，只见一个小丫鬟跑来，小红抬头看，是宝玉房里的丫鬟坠儿，就问她："那去？"坠儿道："叫我带进芸二爷来。"这就是小红要等的消息。

这里小红慢慢地走，刚好走到蜂腰桥门前，只见那边坠儿引着贾芸来了。为什么等在桥边？因为路难免有分岔，你在这条路等，他可能偏偏从那边过。桥才是必经之处，等在桥边，必能等到。这是精心计算的相逢，看起来却好像是无意的相遇。

那边贾芸一面走，一面用眼睛把小红这么扫了一眼，那小红装着和坠儿说话，也用眼睛把贾芸扫了一眼：双目恰巧对上时，小红不觉脸红了，一扭身往蘅芜苑去了。蘅芜苑是宝钗住的地方，她原本是去那儿拿东西的。

双目对视，脸蛋绯红，这是女孩发出的信号，它解释了桥边邂逅的意义。但这就够了么？难道不是有点含糊不清？贾芸能够准确接收到她发出的信息吗？不必担心，小红足够精明。她对坠儿说的那些话其实就是对贾芸说的。话的内容，小说里到后面才有交代。**《红楼梦》常用诗的写法，在这里留着空白，非常美。**

贾芸随着坠儿来到了怡红院。虽然贾芸想巴结宝玉，但宝玉却对他没有多大兴趣。只不过许多天以前，他随口许诺要带贾芸到园子里玩，而生病时贾芸又辛辛苦苦照料了他，所以他就把贾芸叫来，和贾芸说些没要紧的闲话。又说到谁家的戏班子演戏演得好，谁家的花园好，又告诉他谁家的丫鬟标致，谁家的酒席很丰盛，这么随口说下来。贾芸呢，也只得顺着他往下说，说了一会儿，见宝玉有些懒懒的了，贾芸就起身告辞。宝玉也不怎么留他，只说："你明儿闲了，只管来。"仍然让坠

骆玉明给孩子讲 红楼梦

一块手帕

儿送他出去。

出了怡红院,贾芸见四顾无人,就把脚步慢慢地放下来,嘴里一长一短和坠儿说话,东问西问,为的是不露痕迹,然后像是无意地问了一句:"才刚那个与你说话的,他可是叫小红?"坠儿笑道:"他倒叫小红。你问他作什么?"

贾芸说:"方才他问你什么手帕子,我倒拣了一块。"作者在这个地方,补充交代了刚刚在桥头小红问坠儿的话,而小红的本意,是问贾芸:到底是不是你捡了我的手帕?捡了手帕留着,你是什么意思呢?

坠儿听了笑起来:"他问了我好几遍,可有看见他的帕子。今儿他又问我,他说我替他找着了,他还谢我呢。好二爷,你既拣了,给我罢。我看他拿什么谢我。"

贾芸一个月前进大观园种树的时候,便拣到了一块罗帕,但不知是哪一个人的。今儿听见小红问坠儿,便知是小红的,贾芸心里压不住的高兴,又看坠儿跟他追讨这个手帕,心中早得了主意。

什么主意呢?他在桥边与小红双目相遇之际,获得了来自对方的信息,他需要回应并再度确认。那么,把捡到的手帕还回去是不行的,信息交换弄不好就中断了。他交给坠儿一块手帕,但那不是他捡到的小红的手帕,而是他自己的,当然了,坠儿是不知道的。他一面把手帕交给坠儿,一面笑着说:"我给是给你,你若得了他的谢礼,不许瞒着我。"这样,一对互相试探的青年男女，把一个蒙在鼓里的小丫鬟变成了传递信息的人。

这是一个很细致的故事。现在的年轻人如果不理解古代年轻人的处境，很容易把它看成是一场感情游戏，然而事实上，它是一场爱情的冒险。尤其对小红来说，一个年轻的女孩，一个连人身自由都没有的丫鬟，试图主动追求自己心仪的男子，是非常危险的事情，弄不好会身败名裂、走投无路，在世间没有存身之地。

但小红是非常自信、非常精明，又十分大胆的女孩，她敢于追求自己想得到的东西，而且能够在几乎不可能的情况下，为自己寻求最好的机会。她的精明细致给我们留下了深刻的印象，同时，小说也告诉我们，追求自由与幸福的意志，具有多么强大的力量。

坠儿为贾芸向小红去交还手帕，一个笨笨的小丫鬟，懵里懵懂成了爱情的信使，而她所传递的信息，却在无意之间被一个更精明的人听去了。谁呢？薛宝钗。这里发生了《红楼梦》中非常精彩的一段故事，我们下一讲再说。

59讲

蝴蝶与金蝉

上一讲我们说到小红和贾芸借着一块手帕互相试探,一步一步走近。可是,这事怎么跟薛宝钗发生关系了呢?说来也是偶然。

这一天是芒种节,按当时的习俗,要做一个仪式——祭花神。芒种一过,便是夏天了,花儿都谢了,花神也要退位了,所以要为花神送行。这种花花草草的节日当然最受女孩子喜欢,于是大观园里的女孩们就聚集在一起,忙碌起来。

黛玉没有来。迎春就猜,她恐怕还在睡懒觉呢。宝钗说:"你们等着,我去闹了他来。"意思是我把她弄醒了,跟她一起过来。宝钗说着就丢下了众人,一直往黛玉住的潇湘馆去。快走到的时候,忽然抬头看见宝玉进去了,宝钗便站住,低头想了想:他们兄妹俩平时交往都很随便,而且喜怒无常;再说黛玉这个人，心眼小，好弄小性儿。如果自己这个时候跟着宝玉进去了，恐怕黛玉要猜疑。想来想去，还是不去了，于是抽身往回走。

宝钗刚要去找别的姐妹玩，忽然迎面见到一只玉色蝴蝶，玉色就是浅黄色。这只蝴蝶很大，大如团扇，一上一下迎风翩跹起舞，十分好看有趣。宝钗来了兴致，想要把蝴蝶扑下来玩耍，于是从袖子里取出一把扇子，到草地上去扑。可是蝴蝶不是那么好扑的，只见那只蝴蝶忽起忽落，来来往往，穿过花、穿过柳树，一会儿就要飞过河去了。宝钗就这么轻手轻脚地跟着蝴蝶，一直来到池子中间的一个亭子前。这个亭子叫滴翠亭，这时宝钗浑身是汗，呼吸也有一点喘了，就停下来歇一歇。

这是《红楼梦》里把宝钗写得特别美的一节。她是一个"冷美人"，做事很冷静，思虑很周全，是遵循"妇德"的模范。可是在她扑蝶的时候，却是一派天真烂漫，是一个贪玩忘情的美少女。关于《红楼梦》的绘画作品，宝钗扑蝶是一个常用的主题。

小说在这一情节后面，马上出现一个强烈的转折，前后形成了色调完全不同的鲜明对照。

滴翠亭建在一片湖水中央，周围是游廊，有曲桥把亭子和岸连起来。亭子四周有木槅子，就是木窗。在古代，一般窗子上面都糊着纸，所以从外面看不到亭子里有没有人。

蝴蝶没扑着，宝钗就打算往回走了，忽听滴翠亭里边有人说话，宝钗就停住脚往里细听。

亭子里是谁呢？就是宝玉院里的丫鬟小红和坠儿。

宝钗这时候听见一个声音在说："你瞧瞧这手帕子，果然是你丢的那块，你就拿着；要不是，就还芸二爷去。"说这话的是坠儿，她代贾芸将一块手帕传递给小红。但这块手帕不是小红丢掉的那块，贾芸把它换成了自己的。这就是传递一个信息：贾芸想和小红好。

小红一看那块手帕，不是自己的，当然就知道是怎么回事，但她却毫不犹豫地说："可不是我那块！拿来给我罢。"这表明她接受了贾芸要传递的信息，这是借物传情，双方达成一致。

接下去坠儿说：你要拿礼物谢我呀。小红说：那是自然。可是坠儿又说：手帕是芸二爷捡的，你也得谢他呀。原文里坠儿还说了"他再三再四地和我说了，若没谢的，不许我给你呢"这样一句话。这是什么意思呢？贾芸通过偷换手帕传递了信息，还要求小红给出明确的回应，那就等于说：我想跟你好，你同意吗？

小红停了半晌，答道："也罢，拿我这个给他，算谢他的罢。"这就是说，小红接受了贾芸的意思并回赠礼物，等于是两个人定情了。至于回赠的礼物是什么，宝钗在外面是看不见的，小说里也没给我们交代。

骆玉明给孩子讲 红楼梦

我们前面说了，这根本就是一场爱情冒险，小红当然要谨慎一些。她要求坠儿，让坠儿发个誓不告诉别人，说到这儿，她忽然想到自己疏忽了，着急地说道："嗳呀！咱们只顾说话，看有人来悄悄在外头听见。不如把这槅子（就是窗户）都推开了，便是有人见咱们在这里，他们只当我们说顽话呢。若走到跟前，咱们也看的见，就别说了。"

宝钗在外面，听到这里心中吃了一惊。她在窗外偷听，窗槅子一打开，马上就会被看见。这时候她要躲也没处躲。

宝钗怎么想的呢？小说里是这么写的，她首先想到：怪道从古至今那些奸淫狗盗的人，心机都不错。这里她把小红和坠儿形容为"奸淫狗盗"，这差不多是说一个人时最坏的评价，我们从这里能看出宝钗非常严正的道德立场。

同时，宝钗还听出其中一个说话的人就是宝玉房里的小红。宝钗了解小红，这个人素来眼空心大，眼里瞧不起人，志向很高，"是个头等刁钻古怪东西"。这里也透露出一种信息：宝钗非常关注和了解周围的人。她善于和各种人打交道，这和她能够了解他人是分不开的。你还记得吗，宝玉第一次看到小红的时候并不认识她，因为小红在宝玉那里只是一个干杂活的不起眼的丫鬟，可是宝钗却知道她是什么样的人！

什么样的人做什么样的事。宝钗想：今儿我听了她的短儿，也就是听到她做了不该做的事情，一时人急造反，狗急跳墙，那就会对自己很不利。

旧小说里常用的一句俗语，叫"说时迟，那时快"。小红伸手要推窗，那是转眼间的事，而宝钗那些念头，也是一下子从脑海闪了过去。她立刻就找到了应对的办法——金蝉脱壳。

那边小红正要伸手去推窗，只听外面"咯吱"一声，宝钗故意放重了脚步，笑着叫黛玉的小名："颦儿，我看你往那里藏！"一面说，一面故意往前赶。那亭子里的小红、坠儿刚一推窗，只听宝钗这么说着往前赶，两个人都吓得愣住了。

宝钗不动声色，反而笑着问她们两个人："你们把林姑娘藏在那里了？"

坠儿说："何曾见林姑娘了。"

宝钗说："我才在河那边看着林姑娘在这里蹲着弄水儿的。我要悄悄的唬他一跳，还没有走到跟前，他倒看见我了，朝东一绕就不见了。别是藏在这里头了。"一面说，一面故意进到亭子寻了一寻，然后抽身就走，嘴里还说："一定是又钻在山子洞里去了。遇见蛇，咬一口也罢了。"一面说一面走，心里又好笑：这件事算遮过去了，不知道她们两个人会怎么想。

《红楼梦》里常常有这种情节，不动声色而惊心动魄。

当宝钗意识到自己无意间听到了别人的隐私，还带有危险性，并且她又知道小红这个人不好惹，弄不好会给自己带来大麻烦的时候，转瞬之间，她就能想出这么一个巧妙的计策，把自己从困境中解脱出来，她多么机智！

所谓"金蝉脱壳"，就是要用一个"壳"来代替自己。当宝钗巧妙脱身的时候，谁是她的"壳"呢？黛玉。

我们再回顾前面宝钗刚刚说的那些话。她说远远看见黛玉就在亭子这边蹲着玩水，那当然会让小红认为：她和坠儿说的话，已经被黛玉听去了，她的隐私，已经暴露在黛玉面前。

宝钗所意识到的麻烦，甚至说得严重一点，她想到的"人急造反，狗急跳墙"这种危险，已经全部转嫁给黛玉了。

这真是很惊心动魄的情节。

我们大概不能说宝钗是故意危害黛玉，我们相信她只是急中生智。可是她这么聪明的人，应该意识到这样说对黛玉很不利！为什么这个时候她想到的"金蝉脱壳"的"壳"不是别人，而是黛玉？是不是因为她刚刚到潇湘馆去，看到宝玉进去了，她对此心里不喜欢，所以在施展所谓"金蝉脱壳"之计的时候，在需要一个人垫背的时候，黛玉的身影首先就在她脑子里跳了出来？

她的潜意识里，究竟有些什么样不自觉的念头呢？对于这一切，作者没有给我们做任何解释。《红楼梦》以暗示的方法，把很多问题留给读者。

宝钗扑蝶时的天真烂漫和她摆脱困境时的老练机智，显示出这个人物丰富而复杂的性格层面。

我们再说回来。宝钗去潇湘馆时，看到宝玉先进去了，宝黛二人之间会发生什么吗？小说从这里开始，讲述了宝黛二人之间最严重的一场误会，这个我们下一讲再说。

情思昏昏

上一讲我们说到宝玉和黛玉之间发生了一场严重的误会,这是怎么回事呢?说到这事的起头,得往前推一天,就是芒种节的前一天。

那天早晨,宝玉来到潇湘馆,他走到黛玉房外,把脸贴在纱窗上向里看时,耳朵里忽然听到黛玉细细地长叹了一声,说道:"*每日家情思睡昏昏*。"这是《西厢记》里,女主角崔莺莺思念张生时说的一句台词。黛玉和宝玉两人心中的爱情正在渐渐地生长,但黛玉对未来又毫无把握,所以从梦中醒来时,她不知不觉说了这句缠绵悱恻的话。

宝玉听了,不觉心里就痒了起来。痒什么呢?心里被撩动了,感觉黛玉"情思睡昏昏"的原因就是自己。再看见黛玉在床上伸懒腰,宝玉就一面笑着问:"为甚么'每日家情思睡昏昏'?"一面掀帘子进来了,让黛玉羞红了脸。

两人说话时,黛玉的小丫鬟紫鹃进了房,张罗着要给宝玉倒茶。宝玉这时候得意忘形,就说了《西厢记》里张生对丫鬟红娘说的一句台词:"好丫鬟,'若共你多情小姐同鸳帐,怎舍得你叠被铺床?'"在古代,男主人把丫鬟收为妾是常见的事情,男人们觉得这样很正常。

但宝玉说这话是很轻浮的。本来,黛玉独自忘情说的一句话,宝玉追着问,就让黛玉觉得很害臊。两人心里都有对方,这也罢了。可是,自己的事情八字还不见一撇,就梦想着要把丫鬟一起娶过来做小老婆,岂不是过分贪心了?当然了,宝玉只是借《西厢记》里的台词跟紫鹃开玩笑,不是个真实的计划,可是玩笑都是半假半真的,他难道不应该想一想黛玉这时候心里的感受吗?

黛玉急了,顿时撂下脸来,哭道:"如今新兴的,外头听了村话(粗野的话)来,也说给我听;看了混账书,也来拿我取笑儿。我成了爷们解闷的。"一面哭着,一面下床来往外就走,意思要去长辈那里告状。她现在把《西厢记》叫作"混账书"。《西厢记》本来是不混账的,令人喜欢得很。可是张生说的那句台词是很混账的,宝玉把它引用出来对紫鹃说,那更是混账的。

宝玉心里慌了,忙赶上来赔罪,然后赌咒发誓,这都是以前用过的套路。本来,宝玉赔尽小心,说软话、恳求,事情也就过去了。可是这时袭人走来了，跟他说："快回去穿衣服，老爷叫你呢。"父命不可违，尤其他的父亲是个可怕的人，宝玉只好赶紧走了。

贾政叫宝玉干什么呢？原来并没有这回事，而是薛蟠得了几种稀罕好吃的东西，要请几个朋友热闹一下，又怕宝玉不肯出来，就编了这么一个谎话，叫小厮传话给袭人，把宝玉哄出来。薛蟠这个人物很早就出场了，我们后面再找机会仔细说他，这里只做简单的交代，宝玉在薛蟠那里同一群人吃喝玩乐，到晚上才醉醺醺地回来。

宝玉醉醺醺地回到大观园，正在和袭人说着话，只见宝钗走进来笑着说："偏了我们新鲜东西了。"宝玉也笑着回答："姐姐家的东西，当然先偏了我们了。"宝钗摇头笑道："昨儿哥哥倒特特的请我吃，我不吃，叫他留着请人送人罢。我知道我的命小福薄，不配吃那个。"这都是很闲淡的话，好像一点意思也没有，可是你仔细体味体味，却是有意思的。有了稀罕的好东西，宝钗自己不舍得吃，特意给宝玉留下了。这种微妙的气息，似有似无，也不能说得太实在。

那边黛玉听见贾政叫宝玉去了，一天都没回来，心里替他忧虑。到了晚饭后，听说宝玉回来了，黛玉想要问他怎么样了。一步步走来，黛玉却看见宝钗走进宝玉的院子里去了。

这里有一个对照的写法。我们前面说到，有一次宝钗看见宝玉进了黛玉的院子，她怕跟进去彼此无趣，就停下脚步，转

身走了。在这儿,是黛玉面对相似的情况,她怎么办?也是停下脚步,转身回去?

我知道你肯定要说:不可能!黛玉的性格和宝钗不同,她对宝玉的态度也完全不同于宝钗。不过她当然也不愿紧跟着宝钗进去,于是她就在水池边站住,看鸳鸯、野鸭子什么的在池中戏水,过了一会儿,黛玉再往怡红院走去,这时候只见院门关着,她就拿手敲门。

一道门隔着,外面有外面的事,里面有里面的事。里面,晴雯和碧痕拌了嘴,晴雯正没好气,忽然看见宝钗来了,就把气移在宝钗身上。晴雯在院子里抱怨说:"有事没事跑了来坐着,叫我们三更半夜的不得睡觉!"从这话里你就听出来,晴雯好像对宝钗没什么好感。忽然又听到有人叫门,晴雯越发动了气,也不问是谁,便说道:"都睡下了,明儿再来罢!"

黛玉知道这些丫鬟的性格,恐怕她们没有听出自己的声音,又高声说道:"是我,还不开么?"

你想吧,黛玉那样娇弱的人,高声又能高到哪里去?而晴雯本来性情就浮躁,这时候又正在火头上,就是听不出来,越发使性子说道:"凭你是谁,二爷吩咐的,一概不许放人进来呢!"

这里写晴雯的性格,实在不像个丫鬟,丫鬟哪有这样说话的?但你要知道她是"身为下贱,心比天高"!

人心是相隔的,黛玉在门外,哪里能知道晴雯的火是从何而来的呢？她只知道，自己居然被宝玉关在门外，气得怔住了。她是极其敏感的人，这么一来自然就联想到自己的身世：如今她父母双亡，无依无靠，寄居在舅母家，真要为这件事生气的话，也实在是毫无趣味啊！黛玉一面想，一面又流下泪来。

正是不知如何是好的时候，黛玉听到里面一阵笑语之声，仔细一听，竟是宝玉、宝钗二人。他们俩好开心啊！黛玉心里越发动了气，未免左思右想，她要想明白宝玉为什么忽然变得如此无情，于是就想起了早起的事来，一定是宝玉恼恨自己要去告他，但是自己哪里会真的告他呢？你贾宝玉今儿不叫我进来，难道明天就不见面了？！黛玉越想越难过、越想越伤感，独自立在墙角边花阴下，悲悲戚戚地呜咽起来。

到现在，我们已经知道，宝玉和黛玉之间的爱情，就是在误会中生长起来的。因为每一次误会，都需要解释和诚恳的证明。现在发生了两人感情史上最严重的误会，它会带来什么样的后果呢？我们下一讲再说。

~葬花吟~

花谢花飞花满天
红消香断有谁怜

葬花吟

上一讲我们说到黛玉晚上去宝玉那里，竟然被关在院门外面了。她以为丫鬟是受了宝玉的指使，又气恼又悲哀，整整一夜也没睡好。早晨黛玉起晚了，听说众姐妹在园中办饯花会，给花神送别，她连忙梳洗了准备出门，这时有人进来了。

这人是谁呢？宝玉。宝钗本来也要来，远远看见宝玉过来，宝钗觉得不方便，就走开追蝴蝶去了，在那边发生了另一个故事，我们前面已经说过了。

这边宝玉进门来了，笑嘻嘻道："好妹妹，你昨儿可告我了不曾？教我悬了一夜心。"他当然知道黛玉不会去告他，不过是拿这事做个由头。再说昨天他惹了黛玉，还没有好好赔礼道歉就走了，现在要把这个程序补一补。

黛玉说话了，但没跟宝玉说，是跟丫鬟紫鹃说，七七八八

葬花吟

交代一堆杂事，什么燕子回来了，把帘子放下来，点了香就把香炉给罩上，全是没用的废话。一面说一面又往外走，好像没有宝玉这个人。

这么做是什么意思呢？我不想理你。可是不理就不理，对紫鹃说一堆没用的废话干什么？就是理他也不好，不情愿；不理他也不好，放不下。

宝玉见她这样，以为就是因为昨天中午的事，他自己妄想好事成双，得罪妹妹了。于是宝玉打躬作揖、低声下气地要求过关。可是黛玉正眼也不看他，自顾自地出了院门。宝玉心中纳闷，自己猜疑：看起这个光景来，不像是为昨天中午的事，为那件事，不至于如此啊！可是昨天实在也没有别的地方得罪林妹妹啊！

他想不明白，就这么疑惑着，再出门来追黛玉时，已经看不见黛玉了。宝玉知道她故意躲着自己，想了一想，索性也不找她了，等上两天，让她的气消一消再说。

你不理我，我也不理你，这不是很干脆吗？可贾宝玉做得到吗？做不到。做不到的话，就得给自己找个理由，去见黛玉。

这天是芒种，是送花神的日子。宝玉低头一看，地上就有许多落花：凤仙、石榴……重重叠叠落了一地。他心里想，黛玉爱惜落花，还专门葬花，这会儿怎么不管了呢？他可以先把落花送到花冢，明儿再问她，这是什么道理？这是宝玉想的去找黛玉的理由：本来我是想不理你的，可是有问题要解决，我也没办法呀！

从这些地方，我们可以看到《红楼梦》里写恋爱的心理，写得真是非常细腻。

宝玉把那些花兜了起来，一直奔向那一天和黛玉共同葬花的地方。快要到花冢了，还没有转过山坡，宝玉忽然听到山坡那边有呜咽之声，一面哭一面诉说着什么，好不伤感。宝玉心下想：这到底是谁呢？再仔细听，却是黛玉在那里吟唱一首诗，就是《红楼梦》里的优秀诗篇之一《葬花吟》。原来黛玉因为昨夜晴雯不开门的事，疑怪在了宝玉身上，到了第二天，又可巧遇见饯花之期，又勾起了伤春的愁思，于是把那些残花落瓣掩埋了，由不得从花的凋零想到自己的身世，哭着哭着，吟成了一首诗：

花谢花飞花满天，红消香断有谁怜？
游丝软系飘春榭，落絮轻沾扑绣帘。
闺中女儿惜春暮，愁绪满怀无释处。
手把花锄出绣闺，忍踏落花来复去。
柳丝榆荚自芳菲，不管桃飘与李飞。
桃李明年能再发，明年闺中知有谁？
三月香巢已垒成，梁间燕子太无情！
明年花发虽可啄，却不道人去梁空巢也倾。

葬花吟

一年三百六十日，风刀霜剑严相逼。
明媚鲜妍能几时？一朝漂泊难寻觅。
花开易见落难寻，阶前愁杀葬花人。
独倚花锄泪暗洒，洒上空枝见血痕。
杜鹃无语正黄昏，荷锄归去掩重门。
青灯照壁人初睡，冷雨敲窗被未温。
怪奴底事倍伤神？半为怜春半恼春：
怜春忽至恼忽去，至又无言去不闻。
昨宵庭外悲歌发，知是花魂与鸟魂？
花魂鸟魂总难留，鸟自无言花自羞。
愿奴胁下生双翼，随花飞到天尽头。
天尽头，何处有香丘？
未若锦囊收艳骨，一抔净土掩风流。
质本洁来还洁去，强于污淖陷渠沟。
尔今死去侬收葬，未卜侬身何日丧？
侬今葬花人笑痴，他年葬侬知有谁？
试看春残花渐落，便是红颜老死时。
一朝春尽红颜老，花落人亡两不知！

《葬花吟》写得很美，但逐句解说就太费时间了，我们在这里只说一个大概的意思。它的开头两句是"花谢花飞花满天，红消香断有谁怜？"这是从伤春、从怜惜花的凋零开始写的。

花开花落是自然现象，有什么可伤心的呢？伤心是来自对青春、对生命境遇的联想。一切美好的事物都经受不起外部力量的摧残，花儿是这样，青春生命也是这样。后面说："一年三百六十日，风刀霜剑严相逼，明媚鲜妍能几时，一朝飘泊难寻觅。"意思是：一年三百六十天啊，刀一样的寒风，利剑般的严霜，无情地摧残着花枝。明媚的春光，艳丽的花朵，能够支撑几时呢？一朝被狂风吹去，再也无处寻觅。到这里，已经是用花来比喻人了。

最后又从葬花想到自己的生与死："侬今葬花人笑痴，他年葬侬知是谁？试看春残花渐落，便是红颜老死时。一朝春尽红颜老，花落人亡两不知！"这几句的意思是：花儿啊，如今有我把你们收葬，等到我像花一样凋落了，又是谁来收葬我呢？你看那春色衰退，花儿飘落，就知道青春少女，也必有衰老死亡的时刻。有一天春天到了尽头，青春也到了尽头，花谢人亡，谁也不会再想着她们了！

这是一首悲伤至极的诗，差不多可以说是"字字血、声声泪"。

黛玉在贾府，虽说是寄人篱下，但毕竟是外婆家、舅舅家，"风刀霜剑"，有那么严重吗？她和宝玉不过是发生了一场误会，究竟怎么回事也还可以再追究一下，她应该问问宝玉：你到底什么意思？在什么都没问清楚的情况下，她至于这么伤心，这么绝望吗？

这要从几个方面来看。第一个方面，黛玉的个性就是特别敏感。当她被关在怡红院门外，听着宝玉和宝钗在里面说说笑笑，又怀疑这是宝玉故意而为时，那种父母双亡、无依无靠、飘零在人间的孤独感会一下子被放大，平时感受到的一切不愉快、一切有形无形的压抑都会突然涌动起来。

第二个方面，她和宝玉的爱情渐渐深入，已经成为她生命中的必须，没有这份爱情，她的生命将无法延续。可是，在当时社会中，自由恋爱本身是不被允许的，黛玉和宝玉之间也没有明确的表白，这份爱情既没把握也没保障，就像那狂风暴雨中娇嫩的花朵，完全没有力量主宰自己的命运。所以当黛玉对宝玉的信赖发生动摇时，她的心理、她的感情会产生巨大的震撼。

第三个方面，这首《葬花吟》不仅仅与黛玉个人的具体遭遇有关，它还象征着《红楼梦》全书所要表现的所谓"千红一哭、万艳同悲"的主题。就是说，它抒写了在那个不合理的社会制度下，不自由的女性被外力压迫的普遍悲哀。

对这首诗的解说就先到这里了，我们还是回到宝玉那里。他在那边听着黛玉吟唱《葬花吟》，越听越伤心，听到最后"一朝春尽红颜老，花落人亡两不知"的时候，他想到黛玉的花容月貌，将来也会消失得无影无踪，那真是心碎肠断；而那些他所喜欢的女孩子，也莫不如此。宝玉又想到人世一切美好的、值得眷恋的人和物都将消失无踪,不知道怎样才能逃脱这张命运的大网,他倒在山坡上,不知不觉大声痛哭起来,怀里兜着的那些落花也撒了一地。

那边黛玉正独自伤感,忽然听到山坡上又传来一阵哭声,抬头一看,原来是宝玉。黛玉看见,便道:"啐!我道是谁,原来是这个狠心短命的……"刚说到"短命"二字,又连忙拿手把口掩住,长叹了一声,自己抽身便走了。为什么说到"短命"两个字又停下来了?她到底还是不愿意宝玉短命的。

这后面宝玉有一个解释和消除误会的过程。在这过程里,宝玉用委婉曲折的方式,表明在他内心里,黛玉是最亲的。这其实也是一种隐晦的爱情表白。宝玉说了一大堆话,说到哪儿,黛玉才算动心了呢?宝玉说:我哪儿做错了什么,你得明白说出来啊,你别让我做个屈死鬼,自己怎么死的都不知道啊!

黛玉听了这个话,就明白昨晚的事不是宝玉故意而为的,那些怨气和悲伤,就都忘在九霄云外了。然后两个人再把前因后果这么一说,自然就明白那是丫鬟们懒得动,歪声歪气的,闹出了这场误会。可是不管怎么着,黛玉总是受了委屈,她忘不了嘲笑一下宝玉,多少出点气:"你的那些姑娘们也该教训教训,只是我论理不该说。今儿得罪了我的事小,倘或明儿宝姑娘来,什么贝姑娘来,也得罪了,事情岂不大了。"说着说着就抿着嘴笑。宝玉听了,又是咬牙,又是笑。

葬花吟

一场误会风吹云散。既然是误会,这个过程写它有什么意义呢?因为宝黛二人的爱情是不自由的,同时又是不自觉的,所以爱情在两个人心里自然而然地生长起来,却一直处在不明确的状态。这个爱情的萌芽需要确认、需要证明,而误会,就是两个人互相证明,互相在内心里自我确认的机会。

误会虽然过去了,可是令人担忧的事情还是不断在发生。这个我们下一讲再说。

姐姐和妹妹

上一讲我们说到,在宝玉和黛玉之间发生了一场误会。误会解除的过程,也是他们之间互相印证和在内心自我确认的过程,但随着他们之间感情的深入,担忧也开始多了起来。其中宝钗的存在,就是黛玉最大的忧虑之一。宝钗长得美,人也聪明,性格端庄温顺,人缘比黛玉好多了。再说到家庭的势力,那就根本不用比了。所以黛玉很害怕宝钗会成为她和宝玉之间的巨大障碍。

常常是怕什么就来什么。转眼端午节快到了,元春从皇宫里派太监给贾府的亲人送了节礼。每个人获得的礼物是不一样的,这些礼物的种类多少和珍贵程度,是按照辈分来决定的。但是很奇怪,在宝玉这一辈,却是分成了两组:赐给宝玉和宝钗的礼物完全一样,黛玉和贾府的三位小姐构成了另外一组,她们的礼物明显要少得多。

元春硬把自己的弟弟和妹妹分成待遇不同的两组，这个做法是有点奇怪的。即使说因为宝玉是元春心爱的弟弟，待遇特殊一些可以理解，可是在众姐妹中单独突出宝钗，使她与宝玉同列而明显高过黛玉和其他人，这是什么意思呢？宝玉听了袭人告诉他的情况，困惑地笑起来："这是怎么个原故？怎么林姑娘的倒不同我的一样，倒是宝姐姐的同我一样！别是传错了罢？"

这里牵涉我们前面说过的一个预言：宝玉是衔着一块玉出生的，宝钗呢，小时候有个和尚送给她一把金锁，还告诉她母亲，等日后遇到有玉的方可结为婚姻。这就是所谓"金玉良缘"。而这件事薛姨妈曾经当着宝钗的面对王夫人说起过，并且我们从后面的情节还可以知道，这个神奇的故事荣国府的人几乎都知道。

元春赐礼的方式，显然有一种暗示的意味，表明她赞同"金玉配"，赞同宝玉和宝钗成为一对。

可是你可能要问，元春很早就进了皇宫，贾府那些弟妹的事情，她怎么能知道呢？我们大概推断一下，由于她母亲王夫人是经常入宫去探望她的，所以她这样做很有可能是认同了母亲的想法。元春做了贵妃，她要有什么表示，在贾府的影响力可以说是无人可比。

宝玉怕黛玉不高兴，就让一个丫鬟拿着他得到的礼物到黛

姐姐和妹妹

玉那里去，告诉黛玉：喜欢什么就留下什么。可是黛玉并不是计较礼物本身，当然不会要宝玉送来的礼物。之后宝玉去贾母那里请安，只见黛玉迎头走来，宝玉就问她："我的东西叫你拣，你怎么不拣？"黛玉就回答："我没这么大福禁受，比不得宝姑娘，什么金什么玉的，我们不过是草木之人！"

这话里包含的意思就复杂了。黛玉这个时候说"什么金什么玉的"，表明她所不满的，不是宝钗的待遇比她高，而是把宝玉和宝钗放在一起加以突出，这个做法里包含着对她严重不利的信号。

宝玉听到黛玉提出"金玉"二字来，心里马上着急了，他说："除了别人说什么金什么玉，我心里要有这个想头，天诛地灭，万世不得人身！"从这段话里我们可以看出来，"什么金什么玉"，确实是常常有人说起的，只是他自己绝没有这个念头。他还发誓说，除了祖母和父母，他心里只有林妹妹，绝没有另外任何一个人。

这话黛玉爱听，可是她还是要讽刺宝玉："我很知道你心里有'妹妹'，但只是见了'姐姐'，就把'妹妹'忘了。"黛玉的话，究竟是真的多疑了呢，还是多少有点理由？我们再往下看。

宝玉和黛玉正说着，只见宝钗从另一边过来了，二人便走开了。宝钗分明看见，只装看不见，低着头就走过去了。这三个人的动作是一种很微妙的状态。因为宝玉和黛玉正说到宝钗，宝钗就过来了，他们二人未免有点"做贼心虚"，不好意思，所以装着没事，分开走了。正常情况下，他们会跟宝钗打招呼，这一走反而露了马脚。宝钗多么聪明的姑娘，难道看不出这里有蹊跷？但她也装着没事，先到了王夫人那里坐了一会儿，然后到了贾母这边，这时又遇上宝玉了，宝玉在这里坐着呢。

"金玉良缘"这个神奇的预言，宝钗是亲耳听母亲跟王夫人说过的。因此她"总远着"宝玉，不愿意跟他太亲近。昨天看见元春所赐的东西，只有她和宝玉的一样，她怎么想的呢？小说里说了一句很特别的话，说宝钗"心里越发没意思起来"。这是感到尴尬、不知如何是好的意思。这其实表明：她体会到元春的赐礼是有暗示意义的，这个暗示和"金玉配"有关。

宝钗"总远着"宝玉，是表明她不喜欢宝玉，也反感"金玉配"这个说法吗？并不是如此。作为一个谨守礼教妇德的典范式人物，她绝不会做"自由恋爱"这种荒唐事情。按照礼教，婚姻完全是由家长做主的；如果有个人愿望，也只能期待或促使家长去实现它。所以，越是有所谓"金玉良缘"的说法，她越是要小心。不然的话，她的贤惠形象就会受到损害。

这时候，忽然听到宝玉笑问道："宝姐姐，我瞧瞧你的红麝串子？"

"红麝串子"，就是用麝香加上其他配料做成的红色念珠儿，穿成串子，戴在手腕上作为装饰。在元春所赐的礼物中，只有宝玉和宝钗有，其他人是没有的。这是他俩的特殊待遇。

我们在前面说过，宝钗走的是朴素干净的路子，不喜欢戴装饰品，这样显得端庄。但元春所赐的红麝串儿，她此刻正戴在手腕上。这表明她很重视这个礼物。

宝玉说要看，宝钗少不得把它褪下来。可是宝钗长得丰满，一下子不容易褪下来。宝玉看着她，注意到她的手臂又嫩又白，觉得也挺喜欢的，忽然想起"金玉良缘"的事来，再看看宝钗的容貌，见她脸若银盆，眼似水杏，唇不点而红，眉不画而翠，比起黛玉另具一种妩媚风流，不觉就呆住了，宝钗褪了串子来递给他也忘了接。这个情节写什么呢？写宝玉爱林妹妹当然没有问题，可是他对宝姐姐也不是毫不动心。这也算对爱情的一点考验吧。

宝钗见他这么傻傻地愣在那里，自己倒不好意思起来，丢下串子，回身才要走，忽然看到一个景象。什么景象呢？只见黛玉蹬着门槛子，嘴里咬着手帕子在那儿笑呢。这画面你想一想，一定很生动吧？

宝钗道："你又禁不得风吹，怎么又站在那风口里？"黛玉笑着回答她："何曾不是在屋里的。只因听见天上一声叫唤，出来瞧了瞧，原来是个呆雁。"呆雁就是傻乎乎的大雁，是那个时代骂人的话。

宝钗问："呆雁在那里呢？我也瞧一瞧。"黛玉道："我才出来，他就'忒儿'一声飞了。"嘴里一面说着，一面把手里的帕子一甩，就甩到宝玉脸上。宝玉毫无防备，手帕正打在眼上，"嗳哟"了一声。宝玉就是黛玉说的"呆雁"，她把这个"呆雁"弄得叫起来了，也就指给宝钗看了：你不是要瞧一瞧呆雁吗，你瞧吧，这就是。

黛玉的担心也不是完全没有道理。她需要捍卫自己的爱情。

随着《红楼梦》故事的发展，大观园里那些少男少女的感情生活开始变得复杂了，他们的婚姻也开始被家长们关注和谈论。他们自由的心愿和家长的意志很难一致，这使得爱情的成长非常困难。

说到家长，你一定想起一件事：贾府最高的家长不是老太太吗？她对宝玉的婚事是怎么看的呢？我们下一讲就来说说贾母这位可爱的老人，也要说说她对宝玉婚事的意见。

贾母的想法

上一讲我们说到,端午节前元春给贾府的亲人送礼物。其中宝钗和宝玉的礼品是一样的,这让贾府的人感觉到了某种暗示,而这种"金配玉"的暗示,很有可能反映了王夫人的意愿。

那么问题来了,作为贾府地位最高的家长,又特别心疼宝玉的贾母,她对此有什么想法呢?

我们先说说贾母这个人。她在第三回就出场了,到现在已经是第二十九回的情节了,虽然她不断地被说起,但一直没有写过她完整的故事。所以,我们需要把一些散碎的材料综合一下,大概描绘出贾母的轮廓。

我们先说黛玉初进贾府的时候,看到贾母吃饭时候的排场:贾珠(宝玉已经去世的哥哥)的妻子李纨捧饭,王熙凤捧筷子，王夫人放汤碗，而贾母一个人在正面榻上坐着。这样就写出贾母在贾府的地位有多么高贵和威严，同时也写出贾府这个贵族之家对礼数的讲究。

说到这一点，我们再用另一个情节做对照：黛玉第一次见到外祖母，刚要拜见时，早被外祖母一把搂入怀中，"心肝儿肉叫着大哭起来"。这里又写出贾母慈爱和重感情的一面。

小说在许多地方暗示读者贾母很富有。这里我们要说明一下，贾府的全盛时代和小说写到的这一段时间，经济状况是不一样的。有一次王夫人说起，贾敏（黛玉的母亲）还没有出嫁的时候，那才是贵小姐呢。她的生活享受和贾府现在的几个小姐是完全不同的。而贾母正是贾府全盛时期的当家人。

贾母虽然有钱，却从不随意地撒钱。宝玉的脸被贾环烫伤后，马道婆提议，让贾母给佛寺里面捐点钱，点个长明灯为宝玉保平安。这个买灯油的钱对贾母来说是很微不足道的。但贾母还是迟疑斟酌了一下，最后认了一个不大的数字，花了不太多的钱。这表明贾母并不因为富贵而忘乎所以，她见多识广，同时也精明仔细。

我们再从后面的故事中借一条材料，《红楼梦》第四十回，写到贾母到黛玉的住处去，发现窗纱旧了，让人给换一换。原来的窗纱是翠绿色的，贾母认为这个不好。因为院子里的竹子是绿的，又没有桃树杏树这些开红花的树，再拿这绿纱糊上，反而不配。她吩咐王熙凤到自己那里去取银红的软烟罗替黛玉糊窗子。软烟罗是一种特别薄的丝绸，朦朦胧胧像烟雾一样，银红是一种有光泽感的淡粉色。你想一想，隔着一层烟雾般的淡粉色，看窗外绿色的竹子，是不是格外美，心情也会特别好？这一节就写出贾母是一个很有鉴赏力、很有趣味的人。《红楼梦》里，写到这一点的情节还有不少。

我们暂且就说这些。把上面说的归纳一下，我们大概可以知道贾母是一个什么样的人。她见多识广，精明仔细，重感情，疼爱孙子孙女，同时，她既威严，又很有趣。

我们回到第二十九回。端午节快到了，贵妃元春安排贾府的人在清虚观打醮。清虚观是一座道观，打醮是道教做法事的一种称呼，目的是祈福，请神灵保佑。打醮同时又安排演戏，也算是一种娱乐活动。

这事本来跟贾母无关，可是老太太这回来了兴致，说自己也去。然后又打发人去请了薛姨妈，顺路告诉王夫人，要带上她们姐妹去。王夫人索性迎合贾母，传话说："有要逛的，只管初一跟了老太太逛去。"这下可就热闹了，差不多整个贾府全出动了。到了五月初一这天，贾府的车乌压压占了一街。

贾母的轿子到了道观，进到山门内，准备下轿，贾珍已经带领众子弟恭候在那儿。王熙凤赶紧下了轿，从后面上来搀着贾母下轿。这时发生了一桩小小的意外。

有个十二三岁的小道士，拿着剪筒，照管剪各处蜡花（古代是点蜡烛来照明的，蜡烛上面的芯子时常要剪一下，火才会亮)。贾府的大队人马到了,小道士正想找机会躲出去。可是这小道士慌慌张张,不小心一头撞在王熙凤怀里。

王熙凤一扬手"啪"的一个耳光,把那小道士打了一个筋斗,还骂了一句粗话。那小道士也顾不得去捡他那把剪刀,爬起来还要往外跑。

这时候正好赶上宝钗等几个小姐下车,许多婆娘媳妇伺候着她们,把这里围得风雨不透,"但见一个小道士滚了出来"。你注意《红楼梦》这里用的词是"滚",形象地写出了小道士跌跌撞撞、站也站不住的样子。于是那些婆娘媳妇连声地叫喝起来:"拿,拿,拿!打,打,打!"豪门的奴仆,非常威风。

贾母听了忙问:"是怎么了?"王熙凤就告诉贾母怎么回事,说那小道士这会儿还到处乱钻呢。贾母忙道:"快带了那

孩子来，别唬着他。小门小户的孩子，都是娇生惯养的，那里见过这个势派。倘或唬着他，倒怪可怜见的，他老子娘岂不疼得慌？"说着，便让贾珍把那小道士好生带进来。

那小道士过来，跪在地上发抖。贾母让贾珍把他拉起来，叫他别怕，问他几岁了。那小道士完全说不出话来。贾母就说怪可怜的，又向贾珍道："珍哥儿，带他去罢。给他些钱买果子吃，别叫人难为了他。"贾珍答应一声，就领着小道士出去了。

这是一件很小的事，但对于贾母的描写，却是重重的一笔。她虽然尊贵无比，却知道小门小户的孩子也是父母的宝贝疙瘩，被吓着了父母也是要心疼的。她会用心抚慰那个孩子，给他买果子吃，这写出了贾母的善良，而这种善良和她的见多识广是联系在一起的。这一点我们后面还要说起，顺带我要提醒你想一想，为什么见多识广的人会比较善良？

再说这个清虚观的主持张道士，他不是一个寻常道士。他原来是荣国公的替身，是代替荣国公出家的，当今皇上又赐了他一个封号，叫"终了真人"，他在王公贵族面前也是有体面的。张道士进来给贾母请安，两个老人说了些客气话。

张道士接着说了一件要紧事：他要给宝玉提亲。他说他在一户人家看见一位小姐，今年十五岁，论模样儿、聪明智慧、根基家当，跟宝玉都配得过，也就是门当户对，但不知贾母觉得怎么样。

这样又回到前面的情节上去了，宝玉的婚姻，已经被元春用暗示的方法被提起过。这里有一个问题，既然"金玉配"原本是王夫人的意图，为什么她自己不说，要让元春来表达呢？

这里的关键是：在宝玉的婚姻问题上，贾母是一言九鼎，别人拗不过她。假如贾母不赞成"金玉配"，事情就有点麻烦。

谁说话比贾母还有力，或者差不多相等呢？那就是元春。她虽然是贾母的孙女，但她现在是贵妃，是贾府的重要支撑，她的意见即使没有明说，但谁也不能轻视。元春赞同王夫人，也是为贾府着想。这种朽败的世家大族，需要跟强势的王家结合得更加紧密。

这里有个问题，贾母明白元春赐礼的暗示意味吗？别人都明白的事情，贾母还能不明白？因此，张道士提亲，给了她一个很好的表态的机会。更巧妙的是王夫人、薛姨妈也都在场。

贾母首先给那些热心宝玉婚事的人泼了一头冷水，她说："上回有和尚说了，这孩子命里不该早娶，等再大一大儿再定罢。"这事着什么急呢！更有趣的是："金"要配"玉"是一个和尚说的，现在，宝玉不宜早婚，也是一个和尚说的。和尚对和尚，两个和尚扯平了，不要再拿和尚说事。

再进一步，贾母又说，宝玉的婚事，不用考虑门户，"不管他根基富贵"，只要模样性格好，就算那家子穷，不过给他几两银子罢了。这个想法很特别。也许，贾母意识到宝玉是个非常特别的男孩，所以找一个对他合适的女孩才是最重要的，

贾母的想法

"门当户对"可以暂时先放到一边去。

这是对"金玉配"意图的一个否定。关于宝玉婚事的话题,因为贾母的表态,在贾府也就暂时被搁置下来。

清虚观打醮是端午节活动的一部分。这个端午节,宝玉过得很不开心。这是怎么回事呢?我们下一讲再说。

怡红院的风波

上一讲我们说到贾府的人在清虚观打醮，这是端午节活动的一部分。这之后不久就是端午节了。但是这个节日，宝玉过得很不顺。

发生了什么事呢？首先是从道观回来后，他跟黛玉又吵闹了一场。闹得厉害时，黛玉又说什么金啊玉的，拿那个"金玉配"的说法来折腾宝玉，气得宝玉把他的玉拼命往地上砸。这块玉也是宝玉的命根子，宝玉摔玉把贾母也惊动了，贾母很伤心，说他俩真是"不是冤家不聚头"。

折腾到端午节前一天，两人总算和好了，一起到贾母那里去。宝玉又见到宝钗，这时宝玉刚跟黛玉和好，怕又得罪黛玉，所以他就对宝钗不尴不尬地说了些蠢话。说什么呢？说宝姐姐你怕热啊，怪不得别人说你是杨贵妃呢。这话是说人家身

怡红院的风波

体胖怕热！宝钗很生气，瞅着机会把宝玉和黛玉搁在一起，狠狠地奚落了一通。

这宝玉要是不顺起来就什么都不顺。他绕到母亲王夫人那里，跟王夫人房里的丫鬟金钏儿随口开玩笑，却被王夫人发现了，王夫人怒气腾腾地甩了金钏儿一巴掌。这事后来闹得很大，我们后面还要专门去说它。现在说来，就是宝玉闹得很没趣。

回去的时候天下着大雨，宝玉走到怡红院，门是关着的，里面有嘻嘻哈哈的笑声，宝玉敲门，没人答应，他又拍门叫了半天，把门拍得砰砰响，里面才听见。这一天，宝玉一直很晦气，到了自己的院子门口，还被关在门外淋雨。

院里面是怎么回事呢？原来，几个女孩子趁着下大雨，把院门关了，把水沟堵上，把水积在院内，再把那些绿头鸭、彩鸳鸯，放在院内玩耍。袭人等都在游廊上嬉笑。她们估计宝玉这会儿是不会回来的，于是只顾自己开心，哪里听得见有人叫门。

过了好久才发觉有人叫门，袭人还淘气，笑着说："让我隔着门缝儿瞧瞧，可开就开，要不可开，叫他淋着去。"说着，袭人就顺着游廊到门前，往外一瞧，只见宝玉淋得像个落汤鸡一般。袭人见了又是着急又是可笑，赶紧开了门，笑得弯着腰拍着手说："这么大雨地里跑什么？那里知道是爷回来了。"

宝玉一肚子没好气，等开了门，袭人正弯着腰笑，他看不清是谁,还当是那些小丫头,抬起腿一脚踢在对方肋上,袭人疼得"嗳哟"叫了一声。宝玉还骂道:"下流东西们!我素日担待你们得了意,一点儿也不怕,越发拿我取笑儿了。"

这就是《红楼梦》。它既有诗意的浪漫,也有写实的冷酷。宝玉平时喜爱女孩、以讨好女孩为乐,这是一面。但他是一个贵公子,下人不顺着他,就是下流东西,惹火了他,就要恶狠狠踢人,这是另一面。

一脚踢出去,再看袭人在那里哭了,宝玉才知道踢错了,忙笑道:"嗳哟,是你来了!踢在那里了?"

袭人又是羞,又是气,又是疼。疼,不用说了,这一脚下力很重,晚上洗澡的时候看,青了碗大一块,半夜还吐了一口血,当时哪能不疼呢?气,也容易明白,她用尽心思照料宝玉,平时一点也不敢有错失,就为晚开了门,挨了这么狠的一脚!羞,为什么呢?她不仅在所有的丫鬟中身份最高,平时也处处向人暗示她与宝玉的关系与众不同,如今当着这么多人的面挨了一脚,脸往哪里搁呢?

宝玉意外踢伤了袭人,自然懊悔,看见她半夜吐了一口血,心里更是紧张,他只能尽力照料服侍袭人,然后找大夫来给袭人治病,幸好袭人没什么大事。

第二天就是端午节了。接连发生了许多不顺心的事情,宝玉心中总是闷闷不乐。偏偏晴雯上来给他换衣服,一不小心又失手把扇子跌在地上,扇骨都跌断了,这扇骨大概是玉石一类

怡红院的风波

做的。宝玉于是叹口气,说道:"蠢才,蠢才!将来怎么办?明日你自己当家立事,难道也是这么顾前不顾后的?"

这情形跟踢伤袭人是一样的,他自己心里堵得慌,于是就迁怒于人。

可是现在是晴雯。别说踢一脚,话说重了都不行。当下她冷笑道:"二爷近来气大的很,行动就给脸子瞧。前儿连袭人都打了,今儿又来寻我们的不是。要踢要打凭爷去。"这话就是说,有本事你继续打人啊!

这边晴雯和宝玉争执起来,袭人听见了,忙赶过来对宝玉说道:"好好的,又怎么了?可是我说的:'一时我不到,就有事故儿。'"

袭人这么强调自己的重要性,也把晴雯气着了。她又冷笑道:"姐姐既会说,就该早来,也省了爷生气。自古以来,就是你一个人服侍爷的,我们原没服侍过。因为你服侍的好,昨日才挨窝心脚;我们不会服侍的,到明儿还不知是个什么罪呢!"

这话说得好尖刻。袭人听了又是气恼,又是羞愧,想要说几句话,又见宝玉已经气得黄了脸,只好忍下性子,推晴雯道:"好妹妹,你出去逛逛,原是我们的不是。"

听她说"我们"两个字——这"我们"自然就是袭人和宝玉了,晴雯心里更加不舒服,冷笑了几声,说道:"我倒不知道你们是谁,别教我替你们害臊了!便是你们鬼鬼祟祟干的那

怡红院的风波

事儿，也瞒不过我去。"这话里的意思，是指袭人和宝玉常背着人偷偷摸摸地亲热。

晴雯继续说："明公正道，连个姑娘还没挣上呢，也不过和我似的，那里就称上'我们'了！"

这里说的"姑娘"指的是通房丫头，通房丫头也可以算是妾，但是没有经过正式的仪式。晴雯在这里是讽刺袭人连通房丫头都不是，就已经以妾自居了。

晴雯戳穿了袭人的小心机。她说的是真话，可是，这些伤人的真话，一般人是不会说的。晴雯这样的人，性子烈，又骄傲，爱憎分明，说话就没个遮拦。顿时，袭人的脸羞得紫涨起来。

这场争执让袭人意识到她和晴雯难以相容，由此种下了两人之间的祸根。后面的变化，我们后面再说吧。

从争执的表面来看，袭人都是在委曲求全，再说，宝玉昨天那么对不起袭人，今天也就格外护着她一点。于是宝玉就对晴雯摆起了主子的架势，威胁着要把晴雯撵走，晴雯就是不服，整个怡红院闹得不可开交。这里的过程，我们不一一细说了。

有趣的是，当天宝玉又主动哄着晴雯，跟她讲和了。他的理论是东西打坏了并没有关系，只是不可生气时拿它出气。他说："比如那扇子原是扇的，你要撕着玩也可以使得。"这其实是对晴雯又表示出一种故意骄纵的态度。

晴雯听了很满意，笑着说："既这么说，你就拿了扇子来让我撕。我最喜欢撕的。"宝玉听了，就笑着把扇子递给她。晴雯果然接过来，哧的一声，撕成了两半，接着哧哧又撕出好几声。宝玉在旁笑着说："响的好，再撕响些！"

这时候宝玉房里另外一个丫鬟麝月从旁边经过，宝玉又把麝月手里的扇子抢过来，递给晴雯撕，还说要把整箱的扇子都搬过来撕。晴雯说累了，撕不动了。就这么胡闹一番，一场风波过去了。宝玉很满意，笑着说："古人云：'千金难买一笑。'几把扇子能值几何！"

整个这一节我们讲的是怡红院的风波。这里的故事情节，深刻地表现出宝玉的生活也并非总是充满诗意的。人性的缺陷，导致生活常常暴露出丑陋的一面。虽然晴雯毛病很多，但她的明艳和任性，体现着女性在自由的境界里，独特而珍贵的美，这种美是宝玉所喜爱的，所以宝玉就会骄纵晴雯。其实，你想一想就可以明白，晴雯作为一个丫鬟却如此任性，必然是宝玉纵容的结果。

过了端午，湘云又要到大观园来了。你还记得这位豪爽的姑娘吗？她会带来什么样的故事呢？我们下一讲再说。

~晴雯~
霁月难逢,彩云易散
心比天高,身为下贱

史湘云和二婶婶

上一讲我们说到,端午节过后,湘云又到贾府来了。这天中午,王夫人、宝钗、黛玉还有其他姐妹正在贾母房内坐着,有人回:"史大姑娘来了。"

一会儿果然见到湘云带着众多丫鬟媳妇走进院来。宝钗、黛玉等人连忙走下台阶和湘云相见,姐妹们好久不见,一旦相逢,其亲密自不必细说。

过了一会儿,湘云又进入房里,向长辈请安问好,该见的人都见过了。这时候,小说中有几句很闲淡的对话。先是贾母说:"天热,把外头的衣服脱脱罢。"湘云听了连忙起身宽衣。然后王夫人就笑着道:"也没见穿上这些作什么?"湘云也是笑着说了一句:"都是二婶婶叫穿的,谁愿意穿这些。"

这几句对话很琐碎,粗粗一看,好像没什么意思。但是你再想一想，这里面是不是隐含着很丰富的信息呢？

湘云自幼父母双亡，她是跟随二叔二婶生活的。史家，也就是贾母的娘家，是《红楼梦》中"四大家族"之一，史湘云的二叔是一位侯爵，她也算是生长于公侯之门、贵族之家了。可是她的实际处境到底怎么样呢？这几句对话提供了重要的线索，甚至，那个完全没有出场的二婶婶，我们也可以看到她的为人与性格。这就是《红楼梦》文学语言的力量。

当然，这几句话并不是孤立的存在，它是和其他线索交织在一起的。我们先看一个在后面发生的故事情节。这次湘云来了以后，袭人让她帮忙给宝玉做一双鞋，因为她针线活做得好。而后袭人和宝钗谈起这件事，两人当时正走在路上，宝钗听见这话，就向两边回头看了看，见无人来往，就笑着说："你这么个明白人，怎么一时半刻的就不会体谅人情？"

为什么宝钗说话先要看看周围有没有人呢？宝钗很仔细。她跟湘云关系亲密，知道湘云在二婶家的境况，但是她明白湘云绝不想让别人也知道。

宝钗说到的第一点，是"那云丫头在家里竟一点儿作不得主"。这话说得更直白一些，就是湘云在家里完全没有发言权，什么事都轮不到她插嘴。

第二点是湘云在家里要干很多活。宝钗说"他们家嫌费用大，竟不用那些针线上的人（做针线活的仆人），差不多的东西多是他们娘儿们动手"。湘云说"家里累的很"，有时"做活做到三更天"。有人读书不仔细，从这里会得出一个结论，就是她二婶家很穷。这完全看错了。湘云到贾府来，带着一群丫鬟媳妇，完全是侯门的排场，他们至于非得省下干针线活的人吗？能够省多少呢？这完全是一种吝啬的个性，其中还有一层特别的意思，那就是不甘心让侄女在家吃白饭。

第三点是说湘云总体上的感受。宝钗说："我再问他两句家常过日子的话，他就连眼圈儿都红了，口里含含糊糊待说不说的。想其形景来，自然从小儿没爹娘的苦。"说起来是二叔二婶家，可是每日每时，点点滴滴，总是让人意识到自己没爹没娘，无依无靠。

这就是说湘云在二叔家其实是一种孤苦伶仃、劳累辛苦的处境。

你要问了，这跟开始那段对话有什么关系呢？要知道，二婶是讲体面讲排场的，她要让贾府的人知道：姑娘在他们那儿过得很好。那怎么才能知道呢？你看姑娘穿得很讲究啊，那料子很贵重的！

小说里也没写湘云到底穿着什么，但意思是明白的。这个时候已经过了端午节，天气已经变热了，但湘云还得穿着厚重的衣服。打个比方，你为了证明你们家有钱，大热天了，还穿个貂皮大衣去拜客！这就显得很蠢、很尴尬！

我们已经看到二婶是什么样的人了：吝啬、心肠窄、脑子不灵还自以为是。

再看开头那几句话,也是各人有各人的立场、各人有各人的性格。

贾母说:"天热,把外面衣服脱脱罢。"那是老祖母的关心。

王夫人说:"也没见穿上这些作什么?"这是明显带有一种嘲弄的语气了。虽然未必是故意的,潜意识里就是:你们家摆谱充大头是吗?不怕人笑话?

湘云呢,就是老老实实一句话:"都是二婶婶叫穿的,谁愿意穿这些。"她不在乎。你让她傻乎乎干蠢事,既然没办法,那就由它去,你要挖苦她,也由它去,辛酸悲苦要是都往心里搁,搁满了还用活吗?

这就是文学作品里写人物的力量,你感受到了吗?

这段对话后面,宝钗接过了话头,也很有意思。湘云跟她好,她最知道湘云的处境和心情,她把话锋一转,就转到另一个方向上去了。她说:"姨娘不知道,他穿衣裳还更爱穿别人的衣裳。"然后说起有一次,她把宝玉的全套行头都换上了,老太太看不清,只是叫"宝玉,你过来",后来大家撑不住笑了,老太太才笑了,说:"倒扮上男人好看了。"这样就把湘云从尴尬的话题上解脱出来了。

宝钗说完这个故事,黛玉接着又说湘云怎么淘气,迎春又接着说湘云怎么爱说话,"睡在那里还是咭咭呱呱,笑一阵,说一阵,也不知那里来的那些话"。这样就把湘云的形象描写得更加丰富和立体化了。她的命运里有很多辛酸，她的处境里有很大的艰难，可是这女孩子坦荡豪爽，什么都不在乎，比男孩还洒脱。多么可爱的一个女孩呀，让人喜欢都喜欢不过来。

前面我们说到一件事，袭人让湘云帮忙给宝玉做一双鞋。一个丫鬟，怎么能够提出让小姐去干丫鬟分内的活？这里面有一个特殊的原因。

原来，湘云年幼的时候住在贾府，是跟着老太太过。袭人原本是老太太身旁的丫鬟，当时就负责照顾湘云，两人的交情非同一般。这次到贾府来，湘云还特地给袭人带了个小礼物，是一种有红色花纹的玉石戒指，湘云特地跑到怡红院来把它送给袭人。

袭人斟了茶来给湘云喝，笑着说："大姑娘，听见前儿你大喜了。"什么大喜呢？原来不久前湘云定亲了，男方已经下了聘礼。

这时湘云就红了脸，喝着茶不回答。袭人笑她："这会子又害臊了。你还记得十年前，咱们在西边暖阁住着，晚上你同我说的话儿？那会子不害臊，这会子怎么又害臊了？"

细心一点，你就能体会到，这段对话里面有个美丽的故事。两个女孩十年前都还不懂事，晚上悄悄地说话，说长大了想要嫁给谁呢？那个小丈夫长什么样子呢？这是深夜里女孩心里的秘密，心里的甜蜜。

我想，你大概已经体会到《红楼梦》这个伟大的内涵：<mark>人本来是平等的，不平等是由于他们的命运不同。当两个懵懂无知的女孩在夜里谈论未来的婚嫁时，她们完全没有社会身份的意识，她们只是可爱的小女孩。</mark>

可是社会身份和等级的差别依然无情地放在那里，她们越是长大，越是清楚彼此的差别。袭人半开玩笑半当真地嘲讽湘云说：你呀，早先姐姐长姐姐短哄着我给你做事，如今长大了，"就拿出小姐的款"。湘云大喊冤枉，赌咒发誓，说："我要这样，就立刻死了！"可是身份差别依然无情地放在那里。

袭人比湘云大好几岁，如今湘云订婚了，袭人还在苦苦地挣一个小老婆的位置。她在说湘云婚事的时候，也会想到自己的吧。

湘云和袭人在怡红院里说起往事，宝玉也在场，一会儿也插进来说话。三个人无意间把话题转到了宝钗和黛玉身上。终于引出了《红楼梦》的一个关键情节，那是什么呢？我们下一讲再说。

爱情宣言

上一讲我们说到湘云到了怡红院,和宝玉、袭人聊天。正说到兴头上,有人来回说:"兴隆街的大爷来了,老爷叫二爷出去会。"

兴隆街的大爷是谁呢?就是我们很久没有说起的贾雨村。他如今在京城做官,因为和贾府联过宗,算是一家人了,所以仆人就叫他"兴隆街的大爷"。贾政对贾雨村很欣赏,跟他常有来往,贾雨村每次到贾府来,都要请宝玉和他见面,这也是为了投合贾政的心愿。在贾政看来,贾雨村是宝玉的学习榜样,宝玉很有必要和贾雨村这种通达人情世故的人多交往,这样才不至于总那么糊涂荒唐。

宝玉从性情和趣味上来说,跟贾雨村是完全相反的,宝玉特别讨厌贾雨村这种人。宝玉听到是贾雨村来了,心中好大

爱情宣言

不自在，他一面换衣服，一面抱怨，满脸都是厌烦又无奈的神情。

湘云笑他："还是这个情性不改。"湘云继续说着，如今宝玉已经长大了，也该常常会会这些做官的人，去谈谈讲讲那些仕途经济的学问，也好将来应酬事务，日后也有个朋友。

湘云在这里说了一个重要的词，叫"仕途经济"。什么叫"仕途经济"呢，就是做官从政的那一套。做官的学问可大了，讲究很多，既要表面上冠冕堂皇，又要暗下里钩心斗角，话要说得漂亮，好处要捞得多，这不是一件容易的事情。湘云在这个问题上也没有特别的见识，她所说的，也就是官宦人家对子弟普遍的希望罢了。

我们知道宝玉和湘云关系很亲密。宝玉听了这话如何反应呢？他立刻冷下脸来，让湘云去别的姐妹屋里坐坐，别在他这里把湘云的那些经济学问给弄脏了。

这就是直接下逐客令，要撵湘云走了。这么冷不防的一句话，让湘云顿时梗在那里，不知道说什么好。

袭人赶紧上来打圆场，道："云姑娘快别说这话。上回也是宝姑娘也说过一回，他也不管人脸上过的去过不去，他就咳了一声，拿起脚来走了。这里宝姑娘的话也没说完，见他走了，登时羞的脸通红，说又不是，不说又不是。"

袭人回顾的宝玉让宝钗下不来台的场面，也非常生动。读书做官、光宗耀祖，是那个时代普遍认同的最正经最重要的事

情,也是一个男儿对父母、对家族所承担的义务,但宝玉完全不认同这一点。不管多么亲近的人,只要拿这些话来劝他,他当场就让人下不了台。

刚刚三人闲聊的时候,湘云就夸过宝钗。我们知道宝钗和湘云的关系特别好,所以袭人接着又把宝钗和黛玉做了一个比较,她说宝姑娘"真真有涵养,心地宽大",宝玉如此无礼地抢白她,她只是"自己讪了一会子去了",就是自己尴尬一会儿就走了,"过后还是照旧一样",并不计较。然后又说:"那要是林姑娘,不知又闹到怎么样,哭的怎么样呢。"

袭人这话好像说得很对,这一比果然把黛玉比下去了。

但是宝玉有另一种比较的方法。他接过袭人的话题,说道:"林姑娘从来说过这些混账话不曾?若他也说过这些混账话,我早和他生分了。"

这是《红楼梦》里第一次明确点出宝玉和黛玉相爱的基础:**他们有共同的人生理念与人生趣味,他们都是那个时代主流价值的背叛者。**在他们看来,把美好的青春投入到肮脏的"仕途经济"中,乃是生命的毁灭。

袭人和湘云不能够理解这一点,两人都点头笑着说:"这原是混账话。"

这时黛玉正悄悄地来到了怡红院。她为什么悄悄地来?因为她是个小心眼,她怕宝玉对湘云又会有什么"情不自禁"的行为。就因为她是悄悄地来,正好听到了宝玉、湘云、袭人三

爱情宣言

个人前面那一段对话，不觉又喜又惊，又悲又叹。

小说在这里对黛玉的心理做了一段解析："喜"的是什么呢？宝玉果然是个知己；"惊"的是什么呢？宝玉竟然在他人面前毫不忌讳地赞扬自己；"叹"是什么呢？你我既然是知己，为什么还会有"金玉配"的话，为什么会有一个宝钗梗在中间呢？"悲"的是什么呢？父母早逝，没有人能为自己做主。最近这些日子，黛玉感觉自己的身体越来越差，二人虽为知己，恐怕到头来还是逃不过"红颜薄命"！这么想着，黛玉不禁滚下泪来。这时进去相见当然无味得很，于是她一面擦着眼泪，一面抽身回去了。

小说对黛玉心理的解析，其实也说明了黛玉为什么常常跟宝玉闹别扭，因为各种琐事而猜疑、吵闹、悲悲切切。那个时代，年轻人的自由恋爱是不被准许的，他们即使内心相爱，也无法明确地表达。所以猜疑和争吵成了一种扭曲的表达方式。如今宝玉所说的话，从根本上解释了他们两个人之间和任何人都不同的特殊关系，这几乎就是一个爱情宣言。黛玉亲耳听到，难免内心大为震撼。

再说宝玉那边，他换了见客的衣服出来，忽见黛玉在前面慢慢地走着，而且好像在擦眼泪，连忙赶上来，笑着说："妹妹往那里去？怎么又哭了？"

两人一面走一面说话，话题一绕，黛玉又习惯性地拿"金玉配"来嘲笑宝玉，说："你死了倒不值什么，只是丢下了什么金，可怎么样呢？"

我们前面说过，这两人前天才为这个话题吵翻了天，后来宝玉花好大力气才把黛玉哄回来。这又来了，一句话又把宝玉说急了，赶上来问道："你还说这话，到底是咒我还是气我呢？"宝玉脸上的筋都暴起来，急得一脸汗。

黛玉却跟往常不同了，忙笑着道歉："你别着急，我原说错了。"这是以前两个人争吵时从来没有过的事情。不仅如此，她一面说，一面还情不自禁地伸出手，去替宝玉擦脸上的汗。因为她刚听了宝玉的话，她动情了，就会有点痴。

宝玉这时候感受到某种异常的东西，但他并没有来得及细想，一切水到渠成。他瞅了黛玉好久，说了一句重要的话，只有三个字："你放心。"

所谓"心有灵犀"，黛玉当然听懂了这三个字的意思。但是，两人之间总是忽远忽近，半真半假，一直并没有一句明白话，她要宝玉把这句话明白说出来。

所以黛玉就说："我不明白这话。你倒说说怎么放心不放心？"

宝玉着急了：你怎么可能不明白？黛玉说：我确实不明白。

宝玉于是点头叹道："好妹妹，你别哄我。果然不明白这话，不但我素日之意白用了，且连你素日待我之意也都辜负了。"这话的意思是：我的心事你知道，你的心事我也知道，我们就是没有说明白而已。里面一层话就是：我们现在说明白了。

爱情宣言

然后又说:"你皆因总是不放心的原故,才弄了一身的病。但凡宽慰些,这病也不得一日重似一日。"这里面的话就是:你对我大可放心,我是靠得住的人。

从黛玉进贾府,兄妹俩的感情慢慢增进,在不知不觉中就转化为恋情,又不断地互相试探、彼此确认,到现在,进入了爱情表白阶段,竟然只有三个字:"你放心"。其他的话,只不过是确认"你放心"和放心的是什么而已。

黛玉心里有千言万语,却半个字也吐不出来,只是愣愣地望着宝玉。宝玉心中也有千言万语,不知从哪一句说起,也是愣愣地望着黛玉。在不说话的时候,两个人其实都在说话。

他们俩愣了半天,黛玉只咳了一声,两眼不觉滚下泪来,回身便要走。宝玉忙上前拉着她,说:"好妹妹,你且略站住,我说一句话再走。"黛玉一面擦眼泪,一面把他的手推开,说道:"有什么可说的。你的话我早知道了!"嘴里这么说着,头也不回地离去了。

只要真的明白了,真的放心了,再说什么,都觉得多余。

宝玉和黛玉之间的爱情表白,是《红楼梦》里非常精彩的情节。我们看到美丽的爱情如鲜花绽放,如此明媚,如此动人。

然而,他们是不自由的孩子。他们无法知道,阴云在何处聚集,无情的风暴将从何处袭来。下一讲,宝玉的"阴云"就出现了。

第67讲

金钏儿之死

上一讲我们说到宝玉和黛玉终于明白地说出了他们之间的爱,这情景犹如风和日丽,鲜花怒放。但对宝玉来说,乌云已经在远处集聚,风暴即将袭来。

这场灾祸和一个年轻女孩的不幸死亡有关。

前面,我们说到端午节前一日的中午,宝玉来到王夫人的上房内。王夫人在里间凉榻上睡觉,丫鬟金钏儿坐在旁边给王夫人捶腿,捶着捶着自己也打起瞌睡来,斜眯着眼睛、晃着身体。

宝玉喜欢和女孩闹着玩儿。他先是轻轻地走到金钏儿跟前,把她耳上戴的坠子一摘,金钏儿就醒了,抿着嘴一笑,挥挥手令他出去,自己又合上眼睛。宝玉悄悄地探头,看见王夫人合着眼睡着呢,于是又从荷包里掏出夏天清凉解暑的小药

金
钏
儿
之
死

丸，往金钏儿嘴里一放。金钏儿并不睁眼，只管含在嘴里。女孩子这种懵懵懂懂的状态，很是可爱。宝玉这时有点动心了，上来就拉着她的手，悄悄地笑着说："我明日和太太讨你，咱们在一处罢。"这话的意思是要把金钏儿要到自己这里做丫鬟。金钏儿不答。宝玉又道："不然，等太太醒了我就讨。"于是金钏儿就睁开眼，把宝玉一推，笑着说："你忙什么！'金簪子掉在井里头，有你的只是有你的'，连这句话语难道也不明白？"金钏儿说的意思是，如果是你的终究是你的，这会儿忙什么。

两人这么说笑着，开心得很。忽然王夫人翻身起来，照金钏儿脸上就打了个嘴巴子，指着她骂道："下作小娼妇，好好的爷们，都叫你教坏了。"

宝玉见王夫人起来，一溜烟地就跑了。金钏儿怎么办呢？

她半边脸火辣辣的，一句话不敢说。王夫人怒火未消，立刻吩咐人叫金钏儿她妈来，把金钏儿带走，这就是把金钏儿撵出贾府了。无论金钏儿跪在地上怎么哭、怎么认错、怎么哀求，王夫人铁定了心肠，一定要把她撵出去。

这件事对金钏儿来说意味着什么呢？一个年轻的女孩背上了勾引公子少爷的肮脏名声，被主人家撵出门来。在那个鄙视女性又苛责女性的社会环境里，不仅仅是没有脸面，连怎样生存下去都是极大的问题。

在这段情节中，作者对王夫人的形象做了十分精确的勾勒。

当宝玉和金钏儿在那里说笑的时候，毫无疑问王夫人并没有睡着，她只是静静地听着，直到怒火中烧，忍耐不住，才翻身起来甩出一巴掌。

宝玉和金钏儿的对话，情况很严重吗？其实那也只是小儿女之间的戏闹。对于宝玉来说，这样和年轻女孩开玩笑真是家常便饭。

即使说这种对话带有调情的意味，那也是由宝玉挑起的，金钏儿不过顺着他说。一个丫鬟还能怎么样呢？

王夫人对他儿子的毛病知道得一清二楚，但她不指责自己的儿子。在她眼里，是金钏儿在做无耻的事情，是这个下作的"小娼妇"，把她的儿子"教坏了"。从古到今，固执、自私又溺爱自己儿子的女人都有这样的毛病：她们的儿子总是好的，如果有什么问题，那都是被别人教坏的。

《红楼梦》的文笔，含蓄委婉又非常有力量。书里面说，王夫人是个"宽仁慈厚的人，从来不曾打过丫头们一下"。说她平时不打丫鬟是作者对故事情节的交代，我们也没有必要怀疑。但此时此刻，特地提醒读者，说王夫人如何仁慈而宽厚，实在是强烈的讽刺。金钏儿伺候她已经很久了，虽然是主仆关系，但人和人待久了，也多少有一点感情吧。可当金钏儿跪倒在地苦苦哀求的时候，王夫人完全没有去体会那个女孩的羞

金钏儿之死

愧、冤屈、悲伤，还有恐惧。

王夫人也许有贵族世家的教养，但她没有理解和同情他人的习惯。或者说，她根本就没有这种能力。

金钏儿回到家，两天之后，也就是端午节过后的一天，就投井自杀了。这一天发生的故事很多。我们这里只说宝玉被父亲召去会见贾雨村了，宝钗和袭人在路边相遇，两个人说起湘云的事情。正说着，忽见一个老婆子慌忙走来，嘴里说道："这是那里说起！金钏儿姑娘好好的投井死了！"袭人问怎么回事呢？老婆子说，这金钏儿前天被撵出去，在家里哭天哭地的，也没有人理会她。在这个冷漠的世界里，金钏儿消失了。刚才有人从井里打捞起一具尸首，没想到居然是金钏儿。

小说中用一句非常简短的话，交代薛宝钗听到上述消息后的反应，宝钗"听见这话，忙向王夫人处来道安慰"。一共十四个字。

这么简短的几个字表明宝钗做这个决定时毫不迟疑，没有一点拖泥带水。她立刻就明白，一个巴掌带来的一条人命案，会给王夫人精神上带来很大的压力。你也许要问：人命关天，难道宝钗能够凭借她灵巧的舌头，解除王夫人内心的压力吗？我们继续往下说你就知道了。

宝钗来到王夫人的住处，这里鸦雀无声，只有王夫人坐在里面，独自流着眼泪，笼罩着一片紧张不安的气氛。宝钗安静地坐下，等着王夫人把话题引到金钏儿投井这件事上。王夫人很紧张，宝钗知道她必然要说起这个话题。

怎么才能使王夫人得到慰藉呢？宝钗说了一通话，大概可以分为四层：

第一，据她看来，金钏儿其实更有可能是因为"憨顽"失脚掉到井里去的。这是为王夫人找出一种无罪的可能，尽管宝钗完全知道，这种可能是不存在的，但是它可以把王夫人从紧张的情绪中解脱出来，她可以这么幻想：难道不可以是贪玩掉到井里了吗？如果是这样，王夫人自己就完全没有责任了。我们要注意，这里还有一层重要的意思，这其实是给王夫人的一个暗示：在万不得已的情况下，如果有人拿这件事来指责她，她就可以以此应对外人的质问：凭什么这丫头就是自杀？难道不可能是因为贪玩吗？

第二，即便金钏儿投水自杀了，不过说明她是"糊涂人"，不值得可惜。这是把责任推给死者，减轻王夫人的内疚。

第三，让王夫人多给金钏儿家一些银两，"尽主仆之情"。人死了，无可挽救，而对于活人来说，钱总是有用的，这样就能用银子减少王夫人剩余的不安。

第四，由于没有现成的新衣服送给金钏儿家作"妆裹（下葬用的衣服）"，王夫人正感到为难时，宝钗就提出自己正好有两套，可以派上用处。这显出她对王夫人的体贴，同时也让王夫人的心情从紧张转移到具体的丧仪安排上来。

这么一层层说下来，王夫人也就坦然了，这件事也就算了

金
钏
儿
之
死

结了。

　　宝钗要劝慰自己的姨妈，也是分内之事。但真正让人吃惊的是：一个鲜活的生命无辜丧亡，对此负有责任的人，必然会在内心引发震撼、不安，以及某种程度的负罪感，而薛姑娘竟像一个心理学家，能如此冷静而又如此有效地将王夫人从不安之中引导出来，恢复到主子正常的生活。我们不知道宝钗对金钏儿的死有没有感到一点点伤感，但至少，她绝不会因此增加王夫人内心的压力，这对谁也没有实际的好处。

　　从这些情节中，我们能清楚地看到宝钗心机之深、判断之准，以及她为人的老练。

　　另一个跟金钏儿之死有直接关系的人是宝玉。他会过贾雨村回来，听说了金钏儿含羞赌气自尽的事情，内心好像被人狠狠地打伤了。宝玉进来见了母亲，被王夫人数落教训，也不知道说什么。然后看见宝钗进来，他才有机会走出来。走出来后，他茫然不知去哪里，背着手，低着头，一面感叹，一面慢慢地走着，一直来到厅上。刚转过一道门，没想到对面来了一人正往里走，可巧两个人撞了个满怀。只听那人喝了一声"站住！"宝玉吓了一跳，抬头一看，不是别人，正是他的父亲，宝玉不觉倒抽了一口气。

　　金钏儿的死，终于成为宝玉和他的父亲要共同面对的事情。同时，还有其他几件对他不利的事件累积在一起。接下来会发生什么？我们下一讲再说。

三重罪

上一讲我们说到宝玉听说金钏儿自杀的消息，内心非常难受，在厅堂里低着头漫无目的地走着，没想到贾政从对面走来，两个人撞了个满怀。宝玉听到父亲大喝一声"站住！"，抬头一看，倒抽了一口气，只得垂手在一旁站住了。

贾政看见宝玉一副垂头丧气的样子，很不喜欢，马上又联想起刚才他与贾雨村会面的情形，畏畏缩缩，全无一点慷慨挥洒的谈吐，让他觉得很没有脸面。如今他看到宝玉脸上一团心事重重、愁闷的气色，嘴里唉声叹气的，这让他更来气。贾政责问宝玉：你还有哪些不足，还有哪些不自在？无缘无故这么一副样子，到底是为了什么？

这一天，宝玉的第一层祸因是，他们父子俩在对待贾雨村的态度上是截然相反的。贾政对贾雨村非常欣赏，觉得贾雨

村能干又有才华，而宝玉对贾雨村的卑鄙庸俗有一种本能的反感，在这一现象的背后，存在着他们父子之间深刻的对立。

宝玉这时正为金钏儿而感伤，魂不守舍，对他父亲说的这些话也没有听进去，只是呆呆傻傻地站着。贾政见他这个样子，越发生气，刚要说什么，忽然有仆人来报告，说忠顺亲王府里有人来，要见老爷。贾政只能把宝玉先放在一边，赶紧去接待客人。

忠顺亲王是什么人呢？我们拿清代的情况进行比照，"亲王"是最高的爵位，通常是皇帝的兄弟或者叔伯，比贾府这样的国公地位明显要高。但贾府的地位也非常高，贾家的女儿是皇贵妃，他们的姻亲王子腾是朝廷的权臣，通常这样的家族之间，至少会保持良好的礼仪性交往。但小说里面写贾政听了通报，心里面疑惑，暗暗地想："素日并不和忠顺府来往，为什么今日打发人来？"这表明贾府和忠顺王府完全不属于一个政治圈子。像这种地位很高而又关系疏远的权贵，需要非常小心地对待，弄不好会给自身带来严重的危害。

来人是忠顺府的长史官，差不多相当于王府的秘书长。为什么缘由来贾府呢？原来，忠顺王喜欢的一个名叫琪官的伶人（唱戏的艺人）不愿意再侍奉王爷，逃离了王府，有三五天没有回去了。

伶人跑了为什么要到贾府来追讨呢？长史官说了，王府派人到处访察，知道琪官近来和贾府的公子宝玉关系亲密，他们断定是宝玉把他藏起来了，因为王爷离不了琪官，所以要求贾政命令宝玉把琪官放回去。

长史官说话的态度，看似客套，骨子里却非常傲慢，这当然是代表着忠顺王爷的态度。因为这件事，忠顺王对贾府表现出严重的不满，甚至有几分敌意。当然，这背后还有更深的原因。贵族豪门之间的交往，牵涉到权力和利益的协调。如果两府之间向来有良好的关系，就不会为这样的事情登门问罪。

我们了解了这样的背景，就能明白为什么贾政会有这么强烈的反应。他听了这话，又惊又气，立即命人把宝玉唤来，斥骂道："该死的奴才！你在家不读书也罢了，怎么又做出这些无法无天的事来！那琪官现是忠顺王爷驾前承奉的人，你是何等草芥，无故引逗他出来，如今祸及于我。"

宝玉还想推托，说自己根本不知道琪官是什么人。然而长史官却是有备而来，冷笑着说出宝玉和琪官有亲密交往的证据。宝玉目瞪口呆，面对眼前这情形，他必须想个办法了结，无奈之下，他只能说出琪官的一个秘密："听得说他如今在东郊离城二十里有个什么紫檀堡，他在那里置了几亩田地几间房舍。想是在那里也未可知。"长史官得了这个消息，赶紧回去追查，临行留下一句话，"若没有，还要来请教"，说完起身就走了。

一个伶人，在亲王眼里其实是微不足道的。喜欢了，也不过是个宠物。而琪官不顾危险逃走，也透露出王爷的蛮横

三重罪

凶暴。

宝玉和琪官逃跑这件事有没有直接关系呢？小说里没有明说，但大概推断起来，应该是没有直接关系。但长史官既然拿出了宝玉和琪官有亲密交往的证据，又从宝玉嘴里得到了追查琪官下落的讯息，这个协助王府伶人出逃的罪名宝玉是有口难辩了。这是宝玉的第二层祸因，这比会见贾雨村的事情要严重得多。

贾政这个时候气得目瞪口歪，注意这里用的词是"目瞪口歪"。一面送那长史官走，一面回头命宝玉"不许动！回来有话问你！"

贾政送忠顺王府的长史官回来时，路上忽然见到贾环带着几个小厮一阵乱跑。贾政正在气头上，喝令小厮"快打，快打！"让他们打贾环。贾环见了他父亲，吓得浑身发软，忙低头站住，见他父亲怒气腾腾，便乘机说道："方才原不曾跑，只因从那井边一过，那井里淹死了一个丫头，我看见人头这样大，身子这样粗，泡的实在可怕，所以才赶着跑了过来。"

值得我们注意的是，贾环说话的语气，是有鲜明的个性特点的。他虽然也是个公子，但举止言谈，完全没有贵族气息。《红楼梦》写作的特点，是不管故事情节多么紧张，文笔绝不会松散、粗率，它描绘人物，始终保持着一种精准，这很值得我们学习。

贾政听了惊疑，问道："好端端的，谁去跳井？我家从无

三重罪

这样事情,自祖宗以来,皆是宽柔以待下人。"他猜想肯定是管事的人胡作非为,导致了这样的祸患,"若外人知道,祖宗颜面何在"!这会败坏贾府声誉的。贾政喝令叫贾琏、赖大、来兴过来,他们是荣国府里日常管事的人。

当时只有跟随贾环的几个小厮在场,他们答应了一声,正要离开去叫人,这时贾环忽然上前拉住贾政的衣袍,贴膝跪下道:"父亲不用生气。此事除太太房里的人,别人一点也不知道。我听见我母亲说……"说到这里,他停了下来,回头四顾一看。

这什么意思呢?这事情发生在王夫人房里,其中有秘密,别人不知道,也就用不着问贾琏、赖大这些人,他们不知情。虽说是个秘密,但我妈知道,她也告诉我了,所以我也知道。

贾政明白他的意思,用眼扫了一下众小厮。小厮们也明白,都往后面退去。贾环这时就说出他的秘密来了:"我母亲告诉我说,宝玉哥哥前日在太太屋里,拉着太太的丫头金钏儿强奸不遂,打了一顿。那金钏儿便赌气投井死了。"

我们在前面的故事里,已经知道赵姨娘的粗俗、恶毒,以及她对宝玉的仇恨,这些东西也都完整地传递给贾环了。贾环不是一个深思熟虑的人,他做事顾前不顾后,顾头不顾尾,嫉妒和怨恨会促使他利用一切他能看到的机会,来陷害宝玉。于是他们母子俩合作,把一个捕风捉影的事件编织成最为恶毒的谣言,传递给贾政。而这个谣言的出现,又恰恰是在一个对宝玉最为不利的时机。这就构成了这一天宝玉的第三层祸因。三个罪名堆在一起，宝玉大祸难逃。

我们在这里暂时把话题拉远一点，再回顾一下宝钗在得知金钏儿自杀的消息之后，劝慰王夫人的那一番话。我们现在知道了赵姨娘编织的谣言，就能够更清楚地体会到，宝钗的考虑是有多么周全和深远。

我们把话题收回来，贾环话未说完，贾政已经气得面如金纸，脸都气黄了，大喝："快拿宝玉来！"他还能留一点脑子，问一下前因后果吗？宝玉在劫难逃了吗？我们下一讲再说。

~宝玉挨打~

手足眈眈小动唇舌
不肖种种大承笞挞

第69讲

宝玉挨打

上一讲我们说到贾政听了贾环的一番话,气得面如金纸,大喝一声:"快拿宝玉来!"一面说一面往里边书房走去,然后喘吁吁直挺挺坐在椅子上,满脸泪痕,一连声地叫着:"拿宝玉!拿大棍!拿索子捆上!把各门都关上!有人传信往里头去,立刻打死!"

贾政完全被激怒了,他在悲愤之中动了狠心。你说他没有痛苦吗?也有,他的眼泪并不是假的。但此时此刻,他的眼泪只是代表着他对宝玉的痛恨。

小厮把宝玉带进来,贾政一见,眼都红紫了。这红紫是哭出来的,也是气出来的。宝玉有三重罪名,他难道不应该仔细查问一下吗?可是贾政已经气疯了,只是喝令:"堵起嘴来,着实打死!"

宝玉挨打

小厮们不敢违背他，只好把宝玉按在凳子上，举起大板打了十来下。贾政一看，打轻了，一脚踢开那掌板的，自己把板子夺过来，咬着牙狠命盖了三四十下。

边上的门客看见打得不祥了，我们注意书里"不祥"这个词，就是很凶险了，连忙上前来夺板子、劝贾政。贾政哪里肯听，他先是指责"素日皆是你们这些人把他酿坏了"，就是说都是你们把他纵容坏了。这话好像没有道理，宝玉怎么是那些门客纵容出来的呢？不过他的意思很清楚：除了他贾政一个人对宝玉的态度是严厉的，要求是严格的，其他人都是纵容宝玉的。

而后，贾政说了一句严重的话："明日酿到他弑君杀父，你们才不劝不成！"古代社会国家意识形态的核心是"三纲"，其中"君为臣纲""父为子纲"又更为重要。也就是说，每个臣民都要服从君主、每个儿子都要服从父亲，这是整个国家制度的基础。在贾政看来，宝玉已经不是一般的过错，他已经有了反叛的萌芽，这样下去，有一天可能成为这个社会道德传统和政治制度的叛逆者。

众人知道他气急了，只好找了人到里面去传信。王夫人得了讯连忙赶往书房，贾政见王夫人进来，知道她要劝阻，更如火上浇油一般，那板子越发下去得又狠又快。按宝玉的两个小厮忙松了手走开，宝玉早已动弹不得了。

贾政还要打，王夫人在一边抱住了板子。她无法劝住贾政,只好搬出老太太来,好让贾政有所忌讳。她说:"炎天暑日的,老太太身上也不大好,打死宝玉事小,倘或老太太一时不自在了,岂不事大!"这话的意思说:老太太向来最宠宝玉,这么大热天的,老太太一旦气出病来,万一有个三长两短,岂不是你也惹了大祸!贾政是个恪守正统道德的人,讲究孝道,王夫人的想法,有她自己的道理。

然而,这反而更加惹怒了贾政。贾政意识到,如果老母亲出来阻止,他不能不听从,那么他暴君式的意志就得不到宣泄了。他一怒之下,变得更凶狠。只见他冷笑着说:"倒休

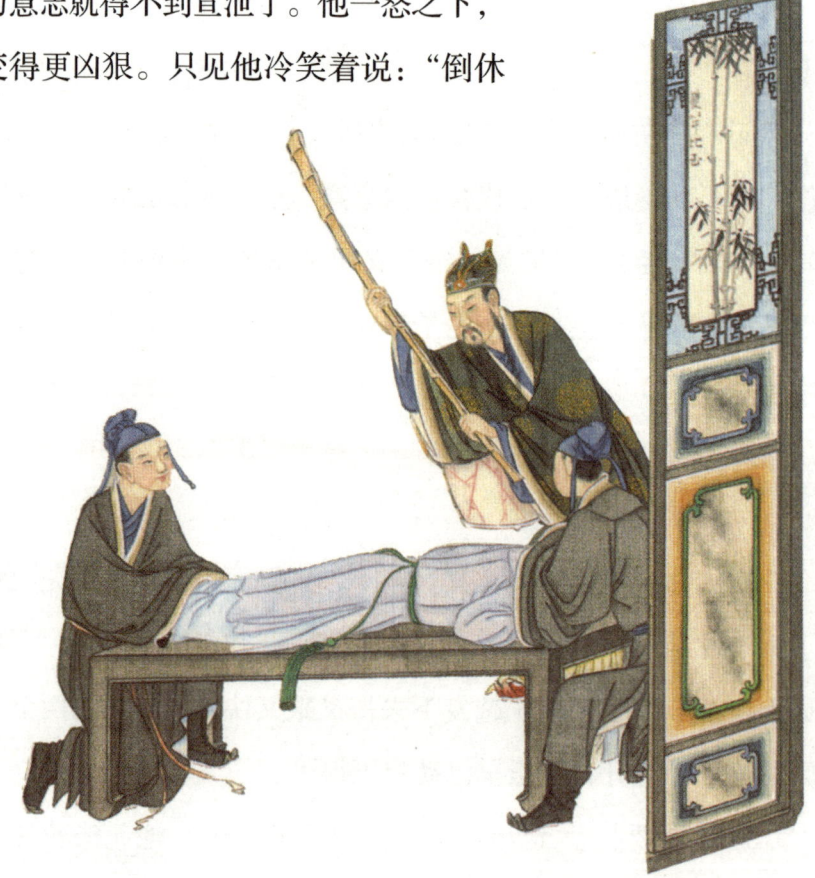

提这话。"意思是你不要拿孝不孝来说事。他说："我养了这个不肖的孽障，已不孝；教训他一番，又有众人来护持；不如趁今日一发勒死了，以绝将来之患！"

贾政说着，就叫人拿绳索来要勒死宝玉。王夫人连忙抱着他，哭着说道："老爷虽然应当管教儿子，也要看夫妻分上。我如今已将五十岁的人，只有这个孽障。今日越发要他死，岂不是有意绝我。既要勒死他，快拿绳子来先勒死我，再勒死他。"说完了，趴在宝玉身上大哭起来。

这当然是母子情深的自然流露，但同时，也确确实实包含着对她自身地位的实际考虑。如果宝玉真的死了，贾政这个小家庭唯一的男性继承人就是赵姨娘生的贾环。所谓"母以子贵"，就像赵姨娘说的那样，将来贾家的一切都会落在贾环手里，赵姨娘再也不会对王夫人忍气吞声了。王夫人哪里能够接受眼看着这一对令她憎厌的母子得意扬扬！

贾政听了此话，不觉长叹一声，在椅子上坐下了，泪如雨下。他终究是个父亲，对宝玉还是有感情的。

这时候老太太来了。还没进到屋里，就听到她在窗外用颤巍巍的声气说："先打死我，再打死他，岂不干净了！"贾政本来已经被王夫人拦下来了，这时老太太怒气冲冲地走来，贾政只能恭恭敬敬地顺着母亲。在被老太太训斥了一顿之后，贾政离开了书房，这里面具体的细节很丰富，我们不详细说了。

宝玉这一场灾祸终于熬了过去，但确实打得不轻，后来袭人为他查看，"只见腿上半段青紫，都有四指宽的僵痕高了起来"，就是说半条腿都是青紫的，那种僵硬的、肿起来的伤痕有四个指头那么宽，所幸没有残疾。

"宝玉挨打"是《红楼梦》故事的一个高潮，它的信息非常丰富，值得仔细解读。

我们会问：贾政毒打他的儿子，是不是也有一定的理由？

当然，如果前面所说的宝玉的三项罪名都能够成立，那么我们就可以说，宝玉是咎由自取。但事实不是如此。

最先让贾政恼火的，是宝玉和贾雨村会面时无精打采，但这不是决定性的事件。真正激起贾政怒火的，是忠顺王府长史官盛气凌人的腔调和暗含的敌意，这对贾府来说具有不确定的危险性。但这种敌意归根结底是一种政治性质的，它一直都存在，不管宝玉是否和琪官关系密切，都不能改变这种敌意。这是一种贾政无力化解的政治压力，他不是一个精明强干、有能力的人，终了他只能把这种压力转化成对宝玉的暴力。

说宝玉要强奸金钏儿导致她自杀，这是一个由赵姨娘编造、由贾环传递的谣言，是贾政这个小家庭里面妻妾之争、嫡庶之争的产物，宝玉只是恰巧成了这一斗争的牺牲品。你也许觉得奇怪：这件事发生在王夫人房内，为什么贾政不向自己的妻子询问一下？实际上，他也不一定完全相信贾环所说的一切。贾政长期以来对宝玉严重不满，当天这几件事累积在一起，激发了他类似暴君的性格，他已经不觉得查询事实还有什么必要了。

"宝玉挨打"虽然看起来有许多偶然因素，根本上却并不是单纯的偶发事件。他们父子之间的冲突，在作者的精心设计和刻画下，体现着一种历史性的矛盾。贾政是那个社会体制和正统道德的维护者，他说宝玉弄不好，有一天会走到"弑君杀父"的地步，这虽然是夸大其词，但也是真实的忧虑。因为宝玉对传统社会的主流价值，对"仕途经济""光宗耀祖"，完全没有兴趣。他虽然没有改造社会的积极意图，但在思想上，在人生价值的取舍上，已经具有明显的叛逆性。打，在贾政来看，就是用暴力来扭转宝玉的这种叛逆性。

在"宝玉挨打"的故事情节中，贾政这个人物的个性也得到了更丰富的体现。他的名字叫"政"，是用谐音的方法来暗示他是一个"正人君子"。他看上去也确实很正派、很严肃、很庄重，不苟言笑，和贾赦、贾珍明显不同。这是一面。

还有另外一面。《红楼梦》里有两个品格最低劣的人，一个是赵姨娘，她是贾政的小老婆。虽然古代婚姻不自由，但纳妾是自由的，所以贾政纳赵姨娘为妾，必然是喜欢赵姨娘的。另一个品格低劣的人是贾雨村，贾雨村偏偏是贾政最欣赏的人。这其实是用烘托的方法，来暗示贾政的趣味和品格存在缺陷。

古代社会里面，父权和君权具有相类似的性质，把父权加以绝对化，一个父亲就会成为暴君式的人物。贾政对待宝玉其实就是这种态度。当他意识到儿子身上有某种危险的叛逆性萌芽时，他会认为自己在道义上有大义灭亲的必要。

贾政这样一个严肃方正的人，又是一个固执、迂腐而无能的人，在忠顺王府长史官咄咄逼人的追查面前，他没有表现出任何周旋应对的能力；面对贾环那样明显的谣言，他也没有任何察觉。他只是把种种失望、压抑、挫败，转化为对宝玉的愤怒和暴力。因为宝玉和他比起来，要弱小得多。

所以，从某种意义上说，贾政的行为更加深刻地证明了贾府的衰败确实是无可挽回的。

现在请你注意一下，宝玉对黛玉的爱情表白和宝玉挨打，是《红楼梦》故事的两大高潮。而这两大高潮是叠加在一起的，两件事发生在同一天。这样安排故事情节，包含着什么意味呢？另外，宝玉挨打对他和黛玉的爱情会有什么影响呢？我们下一讲再说。

第70讲

主仆想到了一起

上一讲我们提到一个问题：宝玉挨打这件事对他和黛玉的爱情会有什么样的影响呢？我们先沿着小说情节往下说。

宝玉挨打这天晚上，袭人到王夫人那里去报告宝玉的情况。她说宝玉用了宝钗亲自送来的伤药，比先前好些了，这会儿都睡熟了。又说晚上宝玉想喝酸梅汤，自己注意到这东西对养伤不利，好容易才劝住了。这表明她侍候宝玉是很用心的。

袭人快要走时，王夫人叫住了她："站着，我想起一句话来问你。"王夫人问袭人，宝玉挨打是怎么引起的。王夫人说："我恍惚听见宝玉今儿挨打，是环儿在老爷跟前说了什么话。你可听见这个了？"她听说了贾环在贾政面前挑拨的这件事，想通过袭人再来证实一下。为了让袭人放心，王夫人还许诺会为她保密。

袭人的心事很细密,她早就把这件事的来由问清楚了。可是她会怎么回答呢?她说没听见关于贾环的话,只听说因为二爷和戏子交往甚密,人家来和老爷要人,为这个打的。她为什么要瞒下贾环的事情呢?其实也不是瞒。王夫人本来就已经知道了,她一个丫鬟,没有必要掺和进来,这也与她来找王夫人的目的无关。

袭人来的时候,就想着有话要跟王夫人说。这会儿既然已经说到宝玉挨打的原因,袭人就开始引着话题往自己的方向走。她说:"别的原故实在不知道了。我今儿在太太跟前大胆说句不知好歹的话。论理……"说了半截忙又咽住。咽住的是什么?就是论理,这些话不该由她一个丫鬟来说。

这个真正的意思呢,就是要求王夫人准许自己说越分儿的话——一个丫鬟不该说和不该管的事。王夫人道:"你只管说。"这就是批准了。

袭人道:"论理,我们二爷也须得老爷教训两顿。若老爷再不管,将来不知做出什么事来呢。"

宝玉这种样子,打是该打的,不打要出事。只是不该往死里打。这到底是谁的立场呢?是袭人的立场,也是王夫人的。袭人知道王夫人怎么想,所以她就先站在王夫人的立场上去说。

王夫人一听到这样的话,马上合掌念了声"阿弥陀佛",由不得赶着袭人叫了一声"我的儿"。为什么感觉这么亲?因

主仆想到了一起

为"这话和我的心一样",你跟我一条心啊,你简直就是我的孩子啊。

王夫人接着抱怨了一通,"我何曾不知道管儿子",这话的意思是,宝玉闹成这个样子,不能说是她这个当妈的责任。一来宝玉长得单薄,二来老太太对他像个宝贝似的,所以就纵坏了他,别人怎么说也不管用,说他骂他,当时都答应,过后还是不相干,终于"吃了亏"了。王夫人说着,又想到丈夫那个狠毒的样子,心有余悸,说了一句:"若打坏了,将来我靠谁呢!"

袭人得到王夫人的信任,又引发了王夫人深深的忧虑,她就有机会把话题向前推进了。不过这也需要有个过渡,这个过渡就是陪着王夫人伤心流泪。一起流泪是一种拉近距离的方法,它能强化两个人在立场上的互相认同。

这个话题怎么转过来呢?袭人说她们做下人的也指望落个平安,可是她怎么劝二爷,只是再劝也劝不醒。然后又说:"今儿太太提起这话来,我还记挂着一件事,每要来回太太,讨太太个主意。只是我怕太太疑心,不但我的话白说了,且连葬身之地都没了。"这话的意思是:我想说的话,太太如果不能信任我,那我就是一个该死的罪。这表明袭人现在要说的,是一个非常严重的话题,比刚刚说宝玉也该教训教训还要严重。

王夫人原来常听到别人夸袭人,只是以为她做事用心,对

骆玉明给孩子讲 红楼梦

人和气,现在知道袭人不是普通的丫鬟。她又叫一声"我的儿",然后接着说:"你方才和我说的话全是大道理,正和我的想头一样。你有什么只管说什么,只别教别人知道就是了。"

袭人转了一个好大的圈子,让王夫人知道,她花袭人不是一个浅薄的丫鬟,她是明白事理的,并且她的看法是和王夫人完全一致的。 这样她就得到了王夫人的充分信任,而得到王夫人充分信任之后,她就要说出那句最关键的话。这句话袭人还是没有明说,但她的暗示非常清楚。

袭人道:"我也没什么别的说。我只想着讨太太一个示下,怎么变个法儿,以后竟还教二爷搬出园外来就好了。"这话的意思是,让王夫人做一个决定,让宝玉从大观园搬出来。

这话乍听上去,你可能会觉得这有什么呀?不过是让他搬出大观园,这有什么了不起的事呢?但是你把这话和前面的话题联系在一起,把袭人要说这些话时极其小心的态度联系在一起,它其实是给出了一个严重的暗示。

王夫人听了,大吃一惊,忙拉了袭人的手问道:"宝玉难道和谁作怪了不成?"这话的意思是,宝玉难道和哪个女孩做了什么了不得的事吗?

袭人忙回道:"太太别多心,并没有这话。这不过是我的小见识。如今二爷也大了,里头姑娘们也大了,况且林姑娘宝姑娘又是两姨姑表姊妹,虽说是姊妹们,到底是男女之分,日夜一处起坐不方便,由不得叫人悬心,便是外人看着也不像。"

袭人是把林姑娘、宝姑娘放在一起说的。但她真正要说的只是林姑娘，因为谁都知道宝钗为人庄重矜持，她跟宝玉也没那么亲。把两个人放在一起说，只是为了含糊其词，只要王夫人听懂话里的意思就行。

这话里的意思是什么？宝玉和林姑娘在一起，所作所为让人提心吊胆。这是一层意思。袭人的话里还有一层意思。她说：凡事总要防患于未然。宝玉的性格，就是喜欢在女孩堆里闹，倘若不防备，前后错了一点半点，落在小人嘴里"就贬的连畜牲不如"。这话暗中其实就是拿赵姨娘、贾环的诬陷来当例证。宝玉跟金钏儿戏闹，不就是被他们说成强奸致人自杀了吗？你想，这样的话王夫人听起来，岂不是惊心动魄？

就这么一步步、一字字往前逼，最后说出关键的一段话："若要叫人说出一个不好字来，我们不用说，粉身碎骨，罪有万重，都是平常小事，但后来二爷一生的声名品行岂不完了，二则太太也难见老爷。"

这话里的意思是，万一宝玉和黛玉闹出什么丑事来，话柄落在别人手里，难免身败名裂，太太你也没脸见老爷。袭人的话，句句像刀子一般锐利！

袭人怎么想到要对王夫人说这番话呢？她的依据是什么呢？这要回到前面，我们补叙一个重要的情节：

第六十六讲我们说到宝玉最后拉住黛玉，说"我说一句话再走"，黛玉说："你的话我早知道了！"说完竟头也不回地走了。

这时候宝玉因为激动而变得痴迷了。正好袭人过来,拿了把扇子赶来送给他,他竟把袭人认成了黛玉,一把拉住,说道:"好妹妹,我的这心事,从来也不敢说,今儿我大胆说出来,死也甘心!我为你也弄了一身的病在这里,又不敢告诉别人,只好掩着。只等你的病好了,只怕我的病才得好呢。睡里梦里也忘不了你!"等宝玉发现是袭人时,话已经说完了。所以他的爱情宣言,一半是对袭人说的。

袭人看到宝玉和黛玉之间发展到如此情形,担心"将来难免不才之事,令人可惊可畏"。袭人是第一个知道宝玉和黛玉的感情真相的人。她觉得这两个人在做一件丢人的丑事,担心他们将来难免会闯祸,闹得不可收拾。这就是她费尽心机提醒王夫人要尽早提防的原因。

袭人是《红楼梦》里唯一有明确交代,跟宝玉发生过关系的女子,在宝玉院子里,她也总喜欢暗示,她和宝玉的关系很特别,这曾引起晴雯尖刻的嘲笑。为什么她把宝玉和黛玉的自由恋爱看得这么严重,近乎大逆不道呢?

这说起来很悲哀。

在《红楼梦》的时代,一个公子看上了一个丫鬟,不是什么了不起的事情。但是如果他想和一个贵小姐自由恋爱,两个人自己结合在一起,却是下流无耻,会身败名裂的。

袭人是个丫鬟,但她总是习惯从主人的立场上考虑问题。

这里面也有她为自己的利益考虑的因素。她感觉黛玉不好相处，如果宝玉和宝钗结合，对她来说情形要好得多。

袭人说的一段话，表面上有点绕，但真实的意思非常清楚。王夫人听了这话，如雷轰顶。她激动地说："难为你成全我娘儿两个声名体面。"你成全的是我们母子两个的声名和体面，这话说得很重。她意识到袭人的话里，有着严重的内容。

最后，王夫人郑重其事，把儿子交托给了袭人："你如今既说了这样的话，我就把他交给你了。"同时也给出了一个重要的许诺："我自然不辜负你。"

在宝玉和黛玉的感情关系上，袭人站稳了自己的立场。我们知道，宝玉房里还有一个重要的丫鬟，就是晴雯。晴雯对这件事情是什么态度呢？我们下一讲再说。

第 71 讲

分成两派

上一讲我们说到,在宝玉和黛玉的感情关系上,袭人有她自己的立场。那么晴雯是怎么看待这件事的呢?我们一点点往下说。

那一天,宝玉在自己房内养伤,瞧着袭人出门了,就叫晴雯来,让她去看看林姑娘,并嘱咐"他要问我,就说我好了"。这就是通个信息,让黛玉放心。

晴雯说,你或者传一句话,或者送一个东西,总得有个由头啊,"不然我去了怎么搭讪呢?"宝玉想了一想,就伸手拿了两条用过的手帕撂给晴雯,笑着说:"也罢,就说我叫你送这个给他去了。"

晴雯就把手帕送往潇湘馆,又回去了,一路上想不明白这是什么意思。

黛玉拿到手帕，也想了一会儿，才体会出手帕的意思来，不觉心情激动，无法抑制。她明白了什么呢？这两块旧手帕，其实就是爱情的信物。它让黛玉不要过于伤心，也表明：无论有多么难，宝玉都不会放弃。黛玉对着手帕左思右想，一时内心像有火在燃烧，就让丫鬟掌灯，也想不起要避嫌疑，就在桌子上研墨蘸笔，在那两块旧手帕上写了几首诗。第一首写的是：

眼空蓄泪泪空垂，暗洒闲抛却为谁？
尺幅鲛鮹劳解赠，叫人焉得不伤悲！

宝玉送手帕、黛玉在手帕上题诗的情节，是前面第六十六讲所写"爱情宣言"的进一步发展。

这里面有一个小小的细节，就是宝玉看袭人离开了，才嘱咐晴雯代他去看望黛玉，传递信物。他为什么不让袭人去做这件事呢？为什么一定要等袭人离开才跟晴雯说呢？宝玉当然不知

分成两派

道袭人对王夫人所说的那些话，但是他内心里能够感觉到：在他和黛玉相爱这件事上，袭人是不会站在他这边的；因为这是一件隐秘的事情，他也不愿意让袭人知道得过多。

当然，宝玉也不会跟晴雯明说他和黛玉之间那种特殊的关系，但是他敢让晴雯传递爱情信物，足以表明在这件事上，他对晴雯很放心。

晴雯和黛玉的关系又怎么样呢？小说也没有任何具体情节证明她们俩特别亲密，只是在小说第七十九回，晴雯去世以后，宝玉对黛玉说了一句"素日你又待他甚厚"，表明黛玉和晴雯相处得很不错。这两个人，虽然一个是小姐一个是丫鬟，但放下主奴身份，只是作为女孩子来看，都是聪明美丽，心气很高，她们自然而然容易亲近。换句话说，晴雯和黛玉关系亲密，是性气相投的结果，其中并没有利益的考量。

还有一点很微妙的地方：宝钗为人周到，几乎所有人都喜欢她，晴雯却不喜欢她。我们在第六十讲说过，有一次宝钗到怡红院来，晴雯很不开心，抱怨说："有事没事跑了来坐着，叫我们三更半夜的不得睡觉！"一个丫鬟本不该说这样的话，可是晴雯就不管这些。她跟宝钗性气不相投。

袭人却是相反，她跟宝钗很相投。

我们回到小说第二十一回，那里说到湘云到贾府来，宝玉跟她很亲热，袭人有些不满。一会儿宝钗走来，问起宝玉，袭人就跟她抱怨说："姊妹们和气，也有个分寸礼节，也没个黑家白日闹的。凭人怎么劝,都是耳旁风。"

这话让宝钗对她另眼相看,心里面暗暗想道:"倒别看错了这个丫头,听他说话,倒有些识见。"宝钗就在炕上坐了,跟袭人慢慢地闲谈,在闲谈中套问袭人的信息,年纪啊、家乡啊什么的,同时留神了解她的言语志量,就是说话的态度和内心的想法,然后说宝钗觉得袭人"深可敬爱"。这是很看重的态度,也是宝钗和袭人两个人亲近的开始。

宝钗为什么器重袭人呢?因为她觉得袭人有"识见"、有"志量"。袭人反对宝玉一味亲近女孩,希望宝玉读书上进,将来有出息,做一个家族所期待的人,这也正是宝钗所赞同的。她们有相同的人生观、价值观,她们都认同社会主流的道德传统,并且试图以这个道德传统来影响宝玉的人生道路。在这个基础上,二人越来越成为知己。性气相投,反而是其次了。

我们当然知道,和宝钗、袭人站在一起的,是王夫人。

有一天中午,薛姨妈、宝钗、黛玉等人正在王夫人房里吃东西,王熙凤过来向王夫人请示几件事情,说到丫鬟的事,王夫人问起来:"老太太屋里几个一两的?"

前面我们说了,丫鬟中等级最高的每月有一两银子的"月例钱"。王熙凤说:"八个。如今只有七个,那一个是袭人。"王夫人说道:"这就是了。你宝兄弟也并没有一两的丫头,袭人还算是老太太房里的人。"

拿一两银子月例的是高级丫鬟。王夫人的意思是:宝玉辈

分成两派

分低，他没有资格使唤高级丫鬟。袭人是老太太派给宝玉使唤的人，她的一两银子还是要到老太太那里去领。这关系到大家族内部的等级秩序，乱不得。

王夫人想了好半天，对王熙凤说："明儿挑一个好丫头送去老太太使，补袭人，把袭人的一分裁了。"

这话意思是，袭人以后不再算在老太太的名下，不从老太太房里领钱。

那么对袭人又是怎么安排的呢？

王夫人说："把我每月的月例二十两银子里，拿出二两银子一吊钱来给袭人。以后凡事有赵姨娘周姨娘的，就也有袭人的，只是袭人的这一分都从我的分例上匀出来，不必动官中的就是了。"

二两银子就是妾的待遇。**王夫人独自作主，把袭人提升为宝玉的妾。在一般人眼里，这算是一个奴婢能够期待的最好结果了，这也是王夫人能够给予袭人的最高奖赏。**当初她对袭人说"我自然不辜负你"，指的就是这个事。

为什么袭人的月例钱要从王夫人自己的月例上匀出来，不从"官中（贾府的公共开支中）"支出呢？因为考虑到贾政可能会觉得给宝玉纳妾太早了，会不赞同。同时对宝玉本人也不好，所以这不是正式给宝玉纳妾，只是先给袭人一个妾的待遇。这表明王夫人对袭人十分器重，特意要给她一个显著的恩惠。

为了鼓励袭人尽职照看自己的宝贝儿子,王夫人还经常给她各种赏赐。

有一天,王夫人因为心情好,赏了秋纹两件现成的衣裳,秋纹十分开心,跟其他丫鬟就显摆起来。

晴雯在一旁笑着说:"呸!没见世面的小蹄子!那是把好的给了人,挑剩下的才给你,你还充有脸呢。"这是说,好东西都先给了袭人了,剩下的才有别人的份。

晴雯继续借题发挥:"要是我,我就不要。若是给别人剩下的给我,也罢了。一样这屋里的人,难道谁又比谁高贵些?把好的给他,剩下的才给我,我宁可不要,冲撞了太太,我也不受这口软气。"

你可以认为,因为晴雯不喜欢袭人,所以她对袭人得了好处不服气。但不是那么简单。一个丫鬟,敢说"冲撞了太太,我也不受这口软气",表现出很大的骄傲,也显示了一种不屑,她对千方百计逢迎主子而获得好处,表示不屑。

《红楼梦》通过写这一类"身为下贱,心比天高"的人物,表现了一个伟大的主题:歌颂人的自由与尊严。这不只是体现在晴雯身上。下一讲我们就围绕这一主题,再说一个命运悲惨,却令人喜爱甚至是敬重的人物。

小戏子龄官

上一讲我们说到,《红楼梦》的一个伟大主题,是歌颂人类的自由与尊严。在描写那些地位低下的女孩时,这一主题往往表现得格外突出。

大观园里社会地位最低下的女孩是些什么人呢?大概要算贾蔷从苏州买回来的十二个女戏子了。她们其实也是奴婢,是供人娱乐的奴婢。赵姨娘曾经说,就连贾府里三等奴才也比她们高贵些。

这些女戏子也是少女,也有美丽的青春,也有对自由与尊严的渴望。小说从这群女孩中,选中了一个女孩作为典型来描绘,她的艺名叫龄官。

关于龄官的故事情节分散在好几回中。最初是在小说第十八回,元妃省亲的时候,这些小戏子为贵妃演戏。演完了,贵妃特意赏了龄官一盘糕点,说她演得极好,让她随意再演两出。这个戏班子是由贾蔷掌管的,他叫龄官演《游园》《惊梦》。但龄官认为这不是她擅长的戏,执意不肯演,一定要演另外两出,就是《相约》和《相骂》。

不听从主人的安排,一定要按照自己的意愿来演戏,这已经是够倔强的了。她选择的戏,也很特别。尤其是《相骂》一出,是写一个丫鬟与老夫人因为误会而争辩起来,互相大骂。龄官觉得这是她的拿手戏,其实这里面也体现着一种性格特点。她扮成一个小丫鬟,在尊贵的皇妃面前,痛骂一位老夫人,是不是也很过瘾?当然这也不必过度阐释,但我们至少可以看到这个小女孩胆子很大,也很自信。

第二次写到龄官,是在小说第三十回。端午节那天,宝玉从王夫人那里出来,进了大观园。走到一处蔷薇花架时,忽然听到有人发出哽咽之声,宝玉站住细细地听,果然发现蔷薇花架下面有个人。宝玉悄悄地隔着篱笆洞儿往里一看,只见一个女孩子蹲在花下,手里拿着一根簪子一面在地上抠土,一面悄悄地流泪。宝玉再留神细细地打量,只见这女孩子皱着眉,眼里含着泪水,身材瘦瘦的,袅袅婷婷的,有点像黛玉的样子。

宝玉隔着篱笆痴痴地看着。只见她拿着簪子画呀画呀,原来是在泥土上写字。隔得远远的,宝玉也看不清楚,就用眼睛瞅着簪子起落,自己在手心里用指头按着她下笔的方式重新写,一会儿写成了一个字,原来是蔷薇花的"蔷"字。宝玉

小戏子龄官

想，这女孩子大概是要写诗作词吧，所以拿个簪子画来画去，在推敲什么字呢，且看她底下再写什么。只见那女孩子画来画去，还是个"蔷"字，再看，仍然是"蔷"字。女孩就像痴了一样，画完一个又画一个，已经画了上千个"蔷"字。

这个女孩就是龄官。她写这个"蔷"是什么意思？那是贾蔷的名字。贾蔷属于宁国府这一房比较近的分支旁亲，是一个俊俏而机智的年轻公子。这女孩跟贾蔷好上了，但她不能自己去找贾蔷，只能在地上写他的名字。写了一个又一个，没完没了，无止无休，就这么一直写下去，好像要写到世界末日似的。《红楼梦》描绘了一个非常动人的场面，写出了龄官的固执和痴迷。她一旦动了感情，就会不顾一切地走下去。

上面我们说到两个小片段，就像简笔速写，描绘出龄官鲜明的性格特点。到了小说第三十六回，作者通过更丰富的故事

情节，完成了这一人物形象的塑造。

那一天，宝玉想起《牡丹亭》这出戏来，自己看书看了两遍，觉得还是不过瘾，想起之前听说梨香院的戏班子里，有个叫龄官的唱这出戏唱得特别好，宝玉就去找龄官。

进了院门，女孩们见宝玉来了，都笑嘻嘻地让坐。宝玉问龄官在哪儿，众人告诉宝玉，龄官在她房里呢。

宝玉连忙来到龄官的房内，只见龄官独自躺在枕头上，见宝玉进来，纹丝不动。宝玉素来与别的女孩子玩耍惯了的，以为龄官也和别人一样，就进前来到她身旁坐下，又赔着笑央求她起来唱《牡丹亭》游园那一出曲子。没想到龄官见他坐下，忙抬身起来躲避，板着脸跟他说道："嗓子哑了。前儿娘娘传进我们去，我还没有唱呢。"言外之意是：我要是不乐意唱，娘娘叫唱也不行。你以为你是谁呢？

宝玉没跟龄官打过交道。这会儿见她坐正了，再仔细一看，原来就是那一天在蔷薇花架下不停画"蔷"字的那一个。他从来没有这样被人嫌弃过，讪讪地红了脸，只得一个人又出来了。

外面那些唱戏的女孩看见宝玉一脸尴尬的样子，就告诉他：你稍微等一等，一会儿蔷二爷来了，叫她唱，是必唱的。这个蔷二爷就是贾蔷。

宝玉听了，觉得挺奇特的，过一会儿，果然见到贾蔷从外头来了。他手里提着个鸟笼子，笼子里有一个雀儿，还扎了

小戏子龄官

个小戏台。贾蔷提着鸟笼兴冲冲地往里走，去找龄官，见到宝玉，只好站住了。

宝玉问他，这雀儿是怎么回事。贾蔷告诉他，这是他花了一两八钱银子买来的，名叫玉顶金豆。这种雀儿经过训练以后，会衔着旗在小戏台上跳来跳去。这就是北京人常说的"玩艺儿"，民间逗乐好玩的东西。宝玉这会儿也不想听曲子了，只想看看这贾蔷跟龄官到底是怎么回事，也跟着进去了。

贾蔷进了屋对龄官说："买了雀儿你顽，省得天天闷闷的无个开心。"说着便演示给她看，拿些谷子哄得那个雀儿在戏台上乱串，一会儿衔鬼脸，一会儿衔旗帜。这很好玩，女孩子看了都笑着说"有趣"，唯独龄官冷笑了两声，赌气仍然睡觉去了。

贾蔷费心思讨好她，龄官为什么不高兴呢？因为演戏的雀儿勾起了龄官对自己命运的悲慨。她指斥贾蔷，说："你们家把好好的人弄了来，关在这牢坑里学这个劳什子还不算，你这会子又弄个雀儿来，也偏生干这个。你分明是弄了他来打趣形容我们。"她们这群女孩，本来就应该像天空中的小鸟一样，自由自在，结果被卖到贾府来，学演戏给人逗乐。笼子里那只在戏台上蹦蹦跳跳的小雀儿，就是她们生命现状的象征。

她又说到"牢坑"这个词，这个词前面已经出现过了。小尼姑智能也说过。在智能看来，尼姑庵是个牢坑；而在龄官看来，贾府是个牢坑；元春说皇宫是个"不得见人的地方"，也等于说那是一个牢坑。**凡是剥夺人自由的地方，都是"牢坑"。**

因为想到小雀儿和自己命运相似，龄官又不由得同情起小雀儿来。她指责贾蔷说："那雀儿虽不如人，他也有个老雀儿在窝里，你拿了他来弄这个劳什子也忍得！"

这话说得很天真，也很动人。我们由此会想起：龄官到底是怎么被卖到贾府来的呢？她们家的"老雀儿"——她的父母，也曾经为了她悲伤过吗？

贾蔷买来雀儿，本意是讨好龄官，没想到引起她伤心，就赶紧把雀儿放了，三下两下，连笼子都拆了。又听说龄官仍然病着，昨天还咳出两口血来，赶紧要去请大夫，却被龄官叫住，说是"这会子大毒日头底下，你赌气去请了来我也不瞧"。贾蔷听龄官如此说，只好又站住了。宝玉看了这般景况，不觉痴了，他这才领会了当日龄官在地上不停画"蔷"字的深意。这龄官非常倔强，也十分痴情。

在《红楼梦》里，龄官并不是一个重要的角色。但她说的一番话，是个很大的话题。这是《红楼梦》对中国古代社会残存的蓄奴制度的激烈抨击，也是对人类热爱自由的天性的热烈赞美。因此读过《红楼梦》的人，永远会深深地记住龄官，在《红楼梦》人物群像当中，她具有独特的风采。

在这一讲里，龄官把贾府说成是一个"牢坑"，这当然也包括大观园。正是因为建大观园，她们才被贾府买来供主子玩乐，这是一个使她们失去自由的地方。但我们知道，大观园也是个富有诗意的地方，关于这一点，下一讲我们再讲。

~海棠诗社~

秋爽斋偶结海棠社
蘅芜苑夜拟菊花题

第73讲

大观园诗会

上一讲我们说到,在龄官眼里,贾府连同大观园是个"牢坑"。你可能会感到很震惊,或者迷惑不解:在前面,我曾经说过,《红楼梦》中的大观园是一个模仿仙境设计的、充满诗意的场所,它怎么又变成"牢坑"了呢?

我正要借这个例子说一下,像《红楼梦》这种伟大的小说,它的内容非常复杂,不能简单地理解。大观园既有深刻的写实的一面,又有很浪漫的诗意化的一面。从写实的一面来说,大观园的美好只属它的主人,跟奴婢们没有关系,尤其对龄官这样性格倔强、热爱自由的女孩来说,大观园是一个使她失去自由的地方,无论它的园林楼台多么美好,那只不过是鸟笼中的那个小戏台。但是对宝玉、黛玉、湘云、宝钗……这些贵族后代来说,大观园却是一个躲避严酷现实的世界,是使

大观园诗会

青春以美丽的姿态绽放开来的人间仙境，是浪漫美好的世外桃源。

我们回到故事中来。夏去秋来，宝玉遇上一桩高兴的事。什么事呢？他的父亲贾政要离开京城，到外地做官去了。我们知道贾宝玉见了贾政就抖抖颤颤，浑身不自在，贾政这一走，他就彻底"解放"了，只顾找自己喜欢的事来做。

不仅是宝玉，大观园的女孩也比以前活跃了。一天，探春叫丫鬟给宝玉送了一封信，信里说：天气好风景又好，咱们何不聚会写诗呢？外面的男子经常建立诗社，饮酒写诗，咱们这里的女孩也不差呀！

宝玉看了，正中下怀，不觉喜得拍手笑起来："倒是三妹妹的高雅，我如今就去商议。"一面说，一面就走。到了探春的住处，只见宝钗、黛玉、迎春、惜春都已经在那里了。这都是探春发帖子招来的，可见办诗社的念头大家都乐意响应。宝玉说道："这是一件正经大事，大家鼓舞起来，不要你谦我让的。各有主意自管说出来大家平章。"

你听宝玉说的——这是一件正经大事。这就是宝玉的价值观，什么仕途经济、光宗耀祖，那都是无聊的"混账话"，一群年轻人起个诗社写诗，那才是"正经大事"。

大家都要做诗人了，不能再用普通的名字，要专门起一个别号。七嘴八舌地议论下来，探春就叫"蕉下客"，芭蕉树下的游客。黛玉叫"潇湘妃子"。什么意思呢？这里有一个典故，

骆玉明给孩子讲 **红楼梦**

· 130 ·

相传舜帝死去之后，他的两个妃子娥皇、女英抱竹痛哭，泪染青竹成斑，后来斑竹就被称为"湘妃竹"，这是古代非常有名的爱情故事，再加上黛玉住在潇湘馆，所以黛玉叫"潇湘妃子"这个名字很合适。宝钗叫"蘅芜君"，蘅芜是香草的名字，古代诗歌里面经常用来作为美德的象征，"君"则是一种庄重的称呼，这很适合宝钗。宝玉的号为"富贵闲人"。我大概说这么几个。

写诗的时候，为什么还要起一个别号呢？因为在中国古代传统中，写诗是一种高雅的生活方式，诗人写诗的时候，就从他的世俗身份脱离开了。《红楼梦》里有许多地方写到诗社的活动，诗歌之美也是《红楼梦》文学成就的一个重要方面。

第一次诗社活动，写诗的题目是"咏白海棠"。白海棠是一种比较罕见的花卉。专门写花草的诗属于"咏物诗"类型，它需要把花草的自然特点和诗人从中体会到的精神性因素结合起来，这种描写往往体现着诗人的性格和趣味。黛玉写的白海棠里面有黛玉的影子，宝钗写的白海棠里面有宝钗的味道。

这次诗社的活动，众人评价最高的正是黛玉和宝钗写的诗。我们就选这两首诗中最能够体现两位女诗人性格特点的诗句来欣赏一下。

先说宝钗的诗。开头一句是"珍重芳姿昼掩门"。说这株白海棠很贵重，种在花盆里，放在室内，白天也关着门，不让外人随便看到。这是写大家闺秀非常看重自己的身份，姿态很庄重。后面还有一句写得特别有味道，是"淡极始知花更艳"。白海棠，花是白色的，色彩素淡，宝钗的诗中说它正是因为淡到极点，才美到了极点，这也带有自喻的意味。我们都知道宝钗喜欢素淡，不喜欢用许多装饰品。

黛玉的诗，我就说最后两句——"娇羞默默同谁诉，倦倚西风夜已昏"。这是写海棠花在黄昏里孤独而寂寞，很像黛玉清高而又骄傲的样子。

第一次诗社活动，少了一个人。是谁呢？湘云。袭人给湘云送东西，说起大观园办诗社，她听了急得不得了。宝玉赶紧催着祖母，派人把她接过来。湘云来了，补写咏白海棠的诗，别人都是写一首，她一口气写了四首。干吗写那么多？这么好玩的事没有叫她，憋着她了，这一上手就停不下来。

晚上，湘云住在宝钗屋子里。她兴致高，想着自己也要张罗一个诗会。她不愿意总是坐享其成，毕竟她也是侯门小姐，不好丢了身份。

宝钗听她说了半日，觉得不妥当。什么地方不妥当？既然要开社办诗会，不仅仅是一帮人坐着写诗，还得预备酒宴，那就要花钱。她对湘云说："你家里你又作不得主，一个月通共那几串钱，你还不够盘缠（在这就是零花的意思）呢。这会子又干这没要紧的事，你婶子听见了，越发抱怨你了。"湘云的二婶是个小气的人，没事拿钱办诗会，那是不能被理解的。

不妥当，那就不办了呗。但宝钗不是这样想的，她要成全

大观园诗会

湘云的心愿，诗会是要办的，但是要不花钱，至少是看上去不花钱，这样可以让湘云心里感到舒服。

这可能办到吗？别人做不到，但宝钗能做到。不只是因她们家有钱，还因为她做事周全，能为别人着想。

她提出的方案，是先请客吃螃蟹。因为从老太太起，府里人大多爱吃螃蟹，眼下又正好是吃螃蟹的季节，请客是顺当的事情。既然吃螃蟹，就要有酒有菜有瓜果，就得办一个酒宴，办的时候，诗社的人就借着这个酒宴写起诗来，不是又热闹又方便吗？诗会是湘云发起的，题目也是湘云拟定的，那么她的心愿也就了了。

螃蟹从哪里来？宝钗说："我们当铺里有个伙计，他家田上出的很好的肥螃蟹，前儿送了几斤来。"也就是说螃蟹是现成的，已经放在那里了。

宝钗又说，让她哥哥"再往铺子里取上几坛好酒，再备上四五桌果碟，岂不又省事又大家热闹了"。

这个方案的关键你注意到了吗？就是不用花钱，东西都是现成的，叫伙计搬过来就行了。言外之意，就是我也没有为你特别花了钱，在这个方案中，钱消失了。

整个计划说完了，宝钗还加上一句："你千万别多心，想着我小看了你，咱们两个就白好了。"意思是说，咱俩这么要好，我可真的没有瞧不起你，我是真心对你好。

宝钗心思很深，办事非常周全。但同样是办事周全，在不同的条件下，读者的感受是不一样的。金钏儿自杀，宝钗安慰王夫人的那段话，让人听了觉得心里冰凉；为湘云办诗会说的这一番话，让人觉得好温暖。湘云本人听了，心中也是感动佩服，那就不用说了。

后面，当然是螃蟹也吃了，酒也喝了，诗也写了。有一个相呼应的情节，是有人为那天吃掉的螃蟹算了一笔账，值多少钱呢？二十多两银子，是普通人家整整一年的花销。

谁算的这笔账呢？刘姥姥。她又来了，这一回，她的故事更热闹了，我们下一讲就继续讲刘姥姥。

第74讲

两个老太太

上一讲我们说到刘姥姥又一次来到了荣国府。小说是这样来叙述的:平儿从吃螃蟹的宴席上出来,回到自己家里,没见到王熙凤,却看见上回来过的那个刘姥姥带着板儿又来了,还有周瑞家的和另一个仆人在陪着,又有两三个丫头在地下倒口袋里的东西。都是些枣子、倭瓜、野菜,那就是刘姥姥带来的礼物了。

刘姥姥认得平儿,忙跳下地来问好,说今年粮食收成好,瓜果菜蔬也很丰盛,把最好的摘下来没敢卖呢,留的尖儿(就是最好的东西),孝敬姑奶奶和姑娘们尝尝。

这是刘姥姥第二次进贾府。她曾经得了贾府的好处,自己有点乡下人的好东西,就想着跟贾府的贵人们分享分享。这些瓜果菜蔬不值钱,但有钱人天天山珍海味也吃腻了,乡下田野风味还是挺讨人喜爱的，刘姥姥知道这个。

中国人讲究"礼尚往来"，刘姥姥送礼物来，贾府也不能让她空手回去，这一层，刘姥姥应该也是想到的，但这不是她的目的。上次来求告，那是日子过不下去了，所以她很紧张很窘迫。如今，日子已经过得顺了一些，送些乡下土货，不是一定要指望什么，所以刘姥姥的神情就很轻松。她已见过王熙凤了，王熙凤让她等着。这时刘姥姥想着得赶紧回去了，晚上要关城门，怕出不了城呢，她确实没有着急别的事情。

因为刘姥姥着急，周瑞家的就去找王熙凤问这个事。过了好久才回来，笑着说："可是你老的福来了。"原来王熙凤正在老太太跟前，周瑞家的跟王熙凤说事，老太太就听见了，问刘姥姥是谁。王熙凤回明白了，老太太说："我正想找个积古的老人家说话儿，请了来我见一见。"

什么叫"积古"？就是见识广。

说着，周瑞家的就催刘姥姥赶紧到老太太那儿去。

《红楼梦》里的两个老太太要见面了。一个尊贵无比，是国公府的贵妇人，一个贫贱低下，连过日子都难，她们的社会身份天差地别，她们的人生经历也完全不同，这两个人能相处得好吗？

《红楼梦》写两个老太太的交往，十分有趣，也使人感动。她们都是在世上活得很久、经历很多的人，有见识，又善良。人生有穷富之别，贵贱之别，但人性其实是相通的。有见识的人容易理解别人，善良的人能够体会对方的心情。

两个老太太在一起，能够完全平等相待吗？当然没有那回事。刘姥姥的任务是取悦贾母，在王熙凤等人的有意安排下，她常常需要装疯卖傻，扮演小丑的角色来给人逗乐，这不是没有辛酸。但从贾母来说，她始终对刘姥姥保持了一份体恤和尊重，包含了平等的意味在里面。因为有见识的人都知道：人的命运虽有不同，但人总是人。

刘姥姥被带到贾母房中，只见满屋里珠围翠绕，花枝招展。一张榻上歪着一位老婆婆，王熙凤正站着说笑。你还记得刘姥姥第一次见王熙凤的情形吧，那种威势简直就像个女王，这会儿她是站着说话了。刘姥姥赶紧上前，向贾母"福了几福"，就是行了礼。

有个问题产生了：她们的关系那么含糊，彼此怎么称呼呢？聪明人自有聪明的办法。刘姥姥上来行礼，口里说："请老寿星安。"

这是很吉祥的叫法。贾母也欠了欠身问好，又命周瑞家的端过椅子来请姥姥坐着，问道："老亲家，你今年多大年纪了？""老亲家"是很亲切的称呼。她们俩轻而易举，就把这个问题给解决了。

接下来闲聊，问年纪多大，问身体好不好，眼睛怎么样，牙齿如何了。对年轻人来说，这种话题很无聊，可是对老人来说，这些问题很重要。说着说着，两个人的距离就拉近了。道理很简单：富贵又能如何？你能牙齿不掉，眼睛不花，不老不死吗？在自然规律面前，"人生而平等"。

说到后来，贾母又笑道："我才听见凤哥儿（王熙凤）说，你带了好些瓜菜来，叫他快收拾去了，我正想个地里现撷的瓜儿菜儿吃。外头买的，不像你们田地里的好吃。"这就是向刘姥姥表示谢意。别人送了东西，不管礼轻礼重，你得感受到这份情意，但是也不能说得那么郑重其事，那反而让人紧张，以为你嘲笑她。轻描淡写的，有那么个情意在里面，正好。

刘姥姥的回答也恰当，她笑着说："这是野意儿，不过吃个新鲜。依我们想鱼肉吃，只是吃不起。"你觉得这是不是寒酸了？但说个大实话，不但有种彼此信赖的感觉在里面，而且也有一种自信。

刘姥姥吃了茶，把乡村中的所见所闻说给贾母听。她说的东西真真假假，有些还是现场编派的，带着一点说书艺人的才智。可是不仅宝玉他们爱听，贾母听着也"益发得了趣味"。好听在哪里呢？小说中写道："那刘姥姥虽是个村野人，却生来的有些见识，况且年纪老了，世情上经历过的。"她经历过很多事，吃过很多苦，她的故事有她自己对生活的理解。贾母虽是大富大贵之人，但并不固执迂腐，乡村的生活，农户人家的酸甜苦辣，让她走到另一种生活里面。两人竟然很投缘。于是贾母把刘姥姥留下来住几天，又说第二天，要带着她去游览大观园。

两个老太太

游览大观园的故事很热闹,我们留在下一讲来说。只是有一个细节,和这一讲的话题关系密切,我们先在这里说一下。

游览大观园的时候,先到了潇湘馆。一进门,只见两边是绿色的竹子夹着一条路,中间是石子铺成的一条羊肠小道,两旁就是泥路,布满了苍苔。刘姥姥把石子路让出来给贾母与众人走,自己却走在泥土路上。贾母的丫鬟琥珀拉着她说道:"姥姥,你上来走,仔细苍苔滑了。"刘姥姥说:"不相干的,我们走熟了的,姑娘们只管走罢。可惜你们的那绣鞋,别沾脏了。"她只顾上头和人说话,不料脚底下果然就打滑了,一跤跌倒。

众人见了,都拍手哈哈大笑起来。因为她正夸自己走惯了泥路,不怕滑,话没说完就摔倒了。这就是自相背离造成的滑稽感,笑起来也是自然反应,无足多怪。

但这里面还是有一个问题:不要说假设摔倒的是贾母,就算是任何一个贾府的主子摔倒了,有仆人敢笑吗?笑是因为对方的身份轻贱。笑这种人没有不良后果。

贾母也笑了。不过她是一边笑一边骂道:"小蹄子们,还不搀起来,只站着笑。"你是不是感受到,贾母她并不认为刘姥姥是个轻贱之人?

说话时,刘姥姥已经爬了起来,自己也笑了,说道:"才说嘴就打了嘴。"

贾母问她:"可扭了腰了不曾?叫丫头们捶一捶。"彼此都

是老人，她容易体会滑倒摔跤可能造成的伤害。

刘姥姥却不当事："那里说的我这么娇嫩了。那一天不跌两下子，都要捶起来，还了得呢。"

摔一跤不算什么事。与其说是因为穷人不停地劳作，身子硬朗，不如说穷人的命硬，他们必须承担无尽的苦难。摔一下就要捶腰，那还能过日子吗？

两个老太太相处的故事，都是些琐事。但就是通过这些琐事，让我们更好地理解了贾母和刘姥姥。她们在不同命运下形成的德行和智慧，以及很微妙的感情沟通。我们设想一下：要是把这两个人身份颠倒一下，会是什么样的结果呢？这也是《红楼梦》留下的文学之谜。

下一讲我们继续说刘姥姥游大观园，说她被王熙凤一帮人捉弄的故事。不过呢，到底谁捉弄了谁，仔细思量起来，却又不好说呢。

75讲

礼出大家

上一讲我们说到贾母见了刘姥姥之后，感觉很投缘，兴致也高了起来，决定第二天带着刘姥姥游大观园，当然也是为自己消闲解闷。

第二天早晨起来，可喜这一天天气很晴朗。李纨先到了大观楼，带了些仆人为老太太游园做准备。一会儿就有人带了刘姥姥和板儿进来。忙乱了一阵，只见贾母也带着一群人进来了。李纨连忙迎上去，后面跟着她的丫鬟碧月，捧过一个大荷叶式的翡翠盘子走过来，里面盛放着各色的折枝菊花，就是剪下来的一朵一朵的菊花，这是头上戴的花。本来是要送到贾母住处的，没想到老太太高兴，早早地就进到园子里来了。

贾母拣了一朵大红的插在鬓上，回头看见了刘姥姥，忙笑着说："过来带花儿。"一句话没说完，王熙凤便把一拉过刘姥姥，笑着说："让我打扮你。"说着，把一盘子的花横三竖四地插了刘姥姥一头。这就是为了逗贾母高兴，周围的人都在想方设法拿刘姥姥来逗乐子。刘姥姥也很配合，笑着说："我这头也不知修了什么福，今儿这样体面起来。"边上有人说："你还不拔下来摔到他脸上呢，把你打扮的成个老妖精了。"刘姥姥却不在乎，笑着说："我虽老了，年轻时也风流，爱个花儿粉儿的，今儿老风流才好。"她就这么插着满头的花，开始了一天的游园。

贾母稍稍休息了一会儿，又带着刘姥姥在大观园里到处见识见识。先是到了潇湘馆。在游潇湘馆的时候，有一段摔跤的情节，我们在上一讲已经说过了。

看过了黛玉住的潇湘馆，一行人转道去三小姐探春的住处——秋爽斋，老太太吩咐了，就在那里开早饭。王熙凤听说了，就带着一群人，抄近路先到了秋爽斋，布置饭桌。

老太太身边有个丫鬟名叫鸳鸯，是老太太特别信赖的一个人。游园出发前，凤姐已经插了刘姥姥满头五颜六色的菊花，把老太太给逗笑了。这会要吃饭了，鸳鸯也想着怎么拿刘姥姥来取笑。这念头和王熙凤一拍即合，两个人便如此这般地商议起来。李纨是个厚道人，劝说道："你们一点好事也不做，又不是小孩儿，还这么淘气，仔细老太太说。"鸳鸯回答："很不与你相干，有我呢。"

我在这儿稍微说几句鸳鸯。她是贾母最信赖的丫鬟，不仅

照管老太太的生活起居，还是老太太的财务总管，掌管着一笔巨额财富。像王熙凤、李纨这些人，对鸳鸯都十分客气，以姐妹相称，所以她才敢对李纨说：这事情跟你没关系，有我呢。当然，这也不是傲慢，是因为平素关系就好。

一会儿贾母带着一群人乘了船过来了。这边就安排好座席。鸳鸯又拉了刘姥姥到一边去，嘱咐了一席话，又说："这是我们家的规矩，若错了我们就笑话呢。"

鸳鸯搞的什么鬼呢？我们往下看。

开饭了，贾母这边说声"请"，刘姥姥便站了起来，高声地说："老刘，老刘，食量大如牛，吃一个老母猪不抬头。"然后鼓着腮不言不语站在那里。

吃饭前做这么一个动作，说这么一通稀奇古怪的话，非常反常，众人一下子反应不过来，先是愣住了，但是马上就明白是怎么一回事，上上下下都哈哈大笑起来。

下面一段写笑，是《红楼梦》里有名的文字，我们直接来读原文：

史湘云撑不住，一口饭都喷了出来，林黛玉笑岔了气，伏着桌子嗳哟，宝玉早滚到贾母怀里，贾母笑的搂着宝玉叫"心肝"，王夫人笑的用手指着凤姐儿，只说不出话来。薛姨妈也撑不住，口里茶喷了探春一裙子，探春手里的饭碗都合在迎春身上。惜春离了坐位，拉着他奶母叫"揉一揉肠子"。地下的无一个不弯腰屈背，也有躲出去蹲着笑去的，也有忍着笑上来替他姊妹换衣裳的，独有凤姐鸳鸯二人撑着，还只管让刘姥姥（请姥姥用餐）。

她们俩都不笑撑着干吗呢？因为把戏还没有玩儿完。王熙凤事先特地找了一双筷子给刘姥姥使，那是一双很有年头的象牙筷，又是四楞的、镶金的，格外沉。这样的筷子怎么能吃饭呢？它本来就是礼仪上摆放的东西，不是日常餐具。

除了筷子，还专门给刘姥姥准备了一份菜肴，那是一碗鸽子蛋。刘姥姥拿起那双死沉死沉的筷子，去夹那些滑溜溜的鸽子蛋，只觉得不听使唤，于是又说道："这里的鸡儿也俊，下的这蛋也小巧，怪俊的。"

礼出大家

那边众人方住了笑,听见这话又笑起来。贾母笑得眼泪都出来了,琥珀在后面给她捶着。贾母笑着说:"这定是凤丫头促狭鬼儿闹的,快别信她的话了。"

这一段描写中,每个人的笑法都不同,这跟每个人的性格、行为习惯相关。湘云本来就豪爽,所以笑得连饭都喷出来;黛玉虽然笑得受不了,但还是克制一点,所以伏在桌上叫"嗳哟",其他的,你自己去体会。整个场面非常热闹,但描写起来,却并不是乱成一团,而是一笔一笔,十分清晰。喜欢写文章的朋友,可以学习一下。

一会儿吃完了饭,贾母等人都到探春卧室中去说闲话。这边收拾过残桌,又放了一桌。刘姥姥看着李纨与王熙凤对坐着吃饭,叹一口气说:"别的也罢了,我只是爱你们家这行事。怪道说'礼出大家'。"

这话表面上是说,你们是豪门大族,特别重视礼仪,吃个饭都有那么多讲究。那鸳鸯叮嘱刘姥姥,说这是贾府的规矩,错不得。但言外之意,其实是个讽刺。别人拿她取笑,她虽然也跟着演戏,但是内心还是有不舒服的地方。所以她说:你们家这么做事,让我特别爱你们。

王熙凤当然明白,忙笑着说:"你可别多心,才刚不过大家取笑儿。"话没说完,鸳鸯也插进来笑着说:"姥姥别恼,我给你老人家赔个不是。"

刘姥姥本来就是配合这两个人在演戏,演一个让大家快乐的丑角戏，还演得非常成功。现在两个人都赔不是了，她还能计较吗？她只是要告诉她们，自己心里是明白的。于是她笑道："姑娘说那里话，咱们哄着老太太开个心儿，可有什么恼的！"

"刘姥姥游大观园"是《红楼梦》里非常精彩的情节，它的内涵也非常复杂。粗看起来，刘姥姥就像戏剧里的一个丑角。一个乡下老太太进了富贵豪华之乡，处处不般配，什么都不懂，任人取笑是很自然的事情。贾府的人上上下下拿她逗乐，没有谁觉得不可以。贾母算是对姥姥最体恤的了，也就是笑着骂了王熙凤一句。

可是你仔细想一想，在这场闹剧中，究竟谁是可笑之人？

刘姥姥愿意配合别人拿她来逗乐，是因为她知道这样做有好处。这些好处能够改善家中的生活。她一个乡下老寡妇，尝尽了人间苦难，装疯卖傻又算什么？她倒是觉得王熙凤、鸳鸯这些聪明人有点可笑。当她讽刺性地说"礼出大家"四个字时，其实就是说，你们也太聪明了一点！

世上多少繁华，转眼成空。当繁华凋零，贾府的主子们有的陷入了牢狱，有的沦落风尘，有的沿街乞讨的时候，他们也会被人戏弄，他们会想到当初取笑刘姥姥的情景吗？曹雪芹的《红楼梦》没有写完。但是我们可以相信，这两种场面的对照意义确实存在。

从小说结构来说，写刘姥姥游大观园，也是借这个故事

线索,描绘其他重要人物。比如贾府三小姐探春已经出现好多次,一直到贾母带着刘姥姥等人看她的住处,这个人物的形象才变得清晰起来。

三小姐的闺房里有什么?这个我们下一讲再说。

76讲

三小姐的闺房

上一讲我们说到贾母带着刘姥姥逛大观园，一路上看了几位小姐的住处。不同的房间布置和摆设都跟主人的性格、趣味有关，所以这也是在写人。《红楼梦》的美妙也常常体现在这种地方：作者不动声色，通过流动变化的生活镜头，让一个个人物形象逐渐变得丰富起来。

这群人先是到了黛玉的住处——潇湘馆，老太太感觉这个地方色彩幽暗，就让王熙凤去把原来绿色的窗纱换成银红色的，这样就显得鲜艳明亮一些。

后来他们又去了宝钗住的蘅芜苑，小说里写道："及进了房屋，雪洞一般。"什么叫雪洞一般呢？白色的房间空空荡荡，没有任何摆设，没有任何装饰性的东西。桌案上只有一个土定瓶（宋代瓷器中质地比较粗糙的一种），瓶中插了几枝菊花，还有就是两部书、一些茶盘茶杯而已。床上也只吊着青纱的帐幔，连被褥都十分朴素。这就是宝钗的风格，她喜欢素净，不喜欢装饰，更不喜欢华丽。

贾母对此也不赞成，她说："年轻的姑娘们，房里这样素净，也忌讳。"为什么说"忌讳"呢？年轻女孩住的地方，不能够没有生气。于是贾母就叫人把自己的几件珍贵的器物拿来给宝钗摆放，让人把帐子也换了。

故事到这里的时候，黛玉和宝钗已经反复出场过，以上这些情节虽然也有些烘托作用，但终究不是很重要。探春就不一样了。她在前面的故事里活动比较少，因此写她的住处，可以让读者真正地了解她，这几乎有一点亮相的意味。

小说里面写贾母等人来到探春所住的秋爽斋，首先用了一句话来概括探春的趣味，说是：探春素喜阔朗。她喜欢开阔明朗，这个喜好体现在她的住处上，就是"这三间屋子并不曾隔断"。大观园里的这些院落、住宅，是在元妃省亲的时候建的，所以它不可能过于狭窄。而探春的住处是三开间的，三开间而不把它隔断，连成一个厅堂，那就会非常开阔。进入厅堂迎面放着一张大书桌，那是花梨木的架子，花梨木是很名贵的木材，配上大理石的桌面，不仅是大，而且有分量。大厅堂、大桌子、沉重的大理石，气派一下子就出来了。

书案上堆着各种名人法帖，还有几十块贵重的砚台，以及各种各样的笔筒，还有一个笔海，就是超大的笔筒，里面的毛笔插得像小树林一般。那一边放着斗大的一个汝窑的花囊。汝窑是宋代瓷器当中的著名品种，花囊是一种扁形的大口花瓶，那么所谓斗大有多大呢？一个小脸盆的样子吧。在这样的花囊里，插着满满一囊的像水晶球似的白色的菊花。所有的东西，都是同样的特点：大、贵重、气派。

跟书案相呼应，西面墙上挂着字画。中间是一大幅米襄阳的《烟雨图》。这个米襄阳就是北宋的书画家米芾，他的山水画的特点就是不追求工细，他喜欢画那种烟雨苍茫的江南景色。《烟雨图》左右挂着一副对联，那是唐代书法大家颜真卿颜鲁公的墨迹，对联上写的是："烟霞闲骨格，泉石野生涯。"意思是：在云霞之中，山水之中，过着朴素而悠闲的生活。这是古代士大夫所向往的人生境界。

米芾的画再配上颜真卿的书法，那就是古代书画的最高配置了。要是拿到现在来拍卖的话，都是上亿的价格。就算是《红楼梦》写作的年代，那也是珍贵的文物。这些东西，当然是荣国府所收藏的珍品，不是一个小女孩可以置办的，但一定是探春特别喜欢的，她也比别人懂，所以才会放置在她的住房内。

案上还放着一个大鼎，那是古代的青铜器。左边是一个紫檀木的架子，放着一个大瓷盘，瓷盘里面放着几十个娇黄玲珑的大佛手。佛手是一种植物的果实，但是它并不是用来吃的，只是用来装饰。通常用佛手来做装饰的话，也就放上三五个，

三小姐的闺房

· 153

可是在探春这里，却是几十个堆在一个大瓷盘里。

探春的房间实在不像一个小姐的闺房，更像一个很有自信的文人士大夫的书房。

我们再回到开头那句话："探春素喜阔朗。"这个"阔朗"既是她的爱好，也是她的个性。至少，我们这么说吧，成为一个大气而高贵的人，是她的人生追求。

我们在前面说过了，探春是贾政和赵姨娘所生，她和贾环是同胞姐弟。贾环的性格小气、猥琐、阴暗。你要说他是个坏小子，他也干不成什么了不起的坏事，就是偷偷摸摸、鬼鬼祟祟。他们姐弟俩完全是相反的，成了鲜明的对照。

《红楼梦》试图通过这一对亲姐弟，写出贵族大家庭中庶出的子女不同发展方向的可能性。

我们尝试来探究一下，探春和贾环完全不同的性格是怎么形成的呢？首先当然与生长环境有关。贾环是跟着赵姨娘长大的，他的"嫡母"王夫人对他除了嫌恶，没有别的感情。赵姨娘本身是一个猥琐、阴暗、恶毒的人，在《红楼梦》里，大概要算是最让人讨厌的角色。赵姨娘生命的色彩，会一一地传染给她的宝贝儿子，这些几乎没有人能够矫正。

探春是跟着贾母长大的。贾母经历过贾府的全盛时代，她有一种高贵的气息，而且她很有趣味，性格也善良，这些都会给探春带来强烈的熏陶。

但这种熏陶并不是唯一的因素。事实上，贾府的三姐妹都是在老祖母身边长大的,迎春、惜春的性格都要比探春弱得多。那么另外的因素是什么呢? 那就是探春对命运的自觉和挣脱这种命运的努力。

我们向前追溯到小说第二十七回。有一次探春和宝玉在一起,宝玉说起探春为他做鞋的事,说袭人曾经告诉他,赵姨娘对这件事情呢,气得不得了,抱怨得不得了,说是"正经兄弟,鞋搭拉袜搭拉的没人看的见,且作这些东西!"

这里面"正经兄弟"说的是真正的兄弟,指的是贾环。因为贾环和探春是一母所生,而宝玉和探春不是一母所生,在赵姨娘看来,那不是"正经兄弟"。"鞋搭拉袜搭拉"就是拖拖沓沓不成个样子。赵姨娘的意思是:探春你都不去注意这些,还有闲工夫去给宝玉做什么鞋子。

这话把探春给惹火了,宝玉就解释说:"你不知道,他心里自然又有个想头了。"

那宝玉的话没有说全。我们从上下文来看的话,宝玉所说的赵姨娘的想头,就是认为探春是她的亲生女儿,应该跟她更亲近,什么事情都应该为她着想。

我们在前面也已经说过了,按照古代礼法,一个妾生的孩子,必须认父亲的正妻为"嫡母",生母的地位反而没有嫡母重要,你要是忽略不计的话,那也是可以的。可是你想,赵姨娘的想法不也是很正常吗?

探春怎样去评价赵姨娘的想法呢?她说,那不过是"阴微鄙贱的见识"。四个形容词叠在一起用，阴暗的、渺小的、粗鄙的、低贱的见识。

既然这样看待赵姨娘，探春当然不认同她的想法。她明白地宣告："我只管认得老爷、太太两个人，别人我一概不管。就是姊妹弟兄跟前，谁和我好，我就和谁好，什么偏的庶的，我也不知道。"她不愿承认赵姨娘是她的母亲，她也不认为贾环和她有什么特殊关系。

你能够理解探春吗？她是贵族豪门里一个小老婆生的大家闺秀。这里"小"和"大"是互相矛盾的。她喜欢大的东西，喜欢高贵，喜欢气派；在贾府的小姐中，她比谁都更像一位贵族小姐。可是她心藏着一个"小"，她怕别人因为这个"小"而鄙视她。她要把自己撑开来，撑得很大，以此来遮住那个"小"。

但是探春没有办法摆脱赵姨娘，她们母女间还有许多故事，这要等以后再说。我们回头还是跟着刘姥姥去逛大观园吧。《红楼梦》有"金陵十二钗"，其中一个我们还没有说起过的重要女子将要出场。她是谁呢？我们下一讲再揭晓。

— 妙玉 —

欲洁何曾洁
云空未必空
可怜金玉质
终陷淖泥中

77讲

不同寻常的尼姑

这一讲我们继续跟随贾母、刘姥姥等一帮人去游览大观园。

贾母带着刘姥姥到了栊翠庵,庵主妙玉连忙出来迎接。栊翠庵是建在大观园里面的一座尼庵,初衷是作为一个点缀,但是点缀也要像那么一回事,为此贾府就聘买了十个小尼姑和小道姑,又特意请来了一位庵主来管理事务,这位庵主就是妙玉。

妙玉是个什么样的人呢?在小说第十八回,我们通过林之孝家的向王夫人回话的内容,先简单了解一下:妙玉本来是苏州人氏,祖上也是读书仕宦之家,因为多病,只好入了空门,带发修行。就是虽然她是个尼姑,但是不用把头发全剃光。后来妙玉跟随她的师父来到了京城。再后来她父母双亡,师父

不同寻常的尼姑

也圆寂（去世）了，她已是孤身一人，请她来主持栊翠庵挺合适。这么说来，妙玉不过是独自漂泊在外的一个尼姑。虽然说贾府念她出身宦门给予她一定的礼遇，但是说到底也只是借她装饰风景而已，真论起来，她的身份应该是相当低微的。

到了小说第四十一回，也就是刘姥姥游大观园这一回，妙玉才真正出场。这时我们看到她的情况其实非常复杂。我们慢慢往下讲。

妙玉把贾母接了进去，宝玉在一旁留神看她怎么做事。只见"妙玉亲自捧了一个海棠花式雕漆填金云龙献寿的小茶盘，里面放一个成窑五彩小盖钟，捧与贾母"。我们注意一下原文这里对茶具的描写。这个小茶盘是海棠花样式的漆器，云龙花纹，在凹进去的纹路里面填着金漆——这是很讲究的工艺品。茶盘里的茶盅是成化窑五彩的。成化窑五彩是中国瓷器中的名品，就这么一个小茶盅，放在今天的拍卖市场，它的价格是要上亿的。那么放在《红楼梦》写作的时代呢？当然没那么夸张，但也不是一个便宜的茶具。简单来说，妙玉给贾母使用的是很昂贵的茶具。

贾母接过茶，吃了半盏，就笑着递给刘姥姥，对她说："你尝尝这个茶。"刘姥姥接过了茶盅，一口就把它喝光了，笑着道："好是好，就是淡些，再熬浓一些就好了。"贾母和边上的人都笑了起来。刘姥姥是一个乡下老太太，根本不懂得什么品茶不品茶的，茶太淡了她就觉得没有味道。

要是就写到这儿,读者对那套茶具,很可能就会疏忽过去,但是作者他就是不让你疏忽,在后面又再加以笔墨渲染。

妙玉侍候了贾母,便把宝钗和黛玉的衣襟一拉,两个人就随她出去了,宝玉也悄悄地在后面跟了过来。原来妙玉专门请她们两个人到耳房(就是边上的小屋子)去喝茶,给她们一个特殊待遇。

这里作者又写到了茶具。妙玉给宝钗用的茶具叫"瓟斝",上面刻着两行小字,一行是"晋王恺珍玩",一行是"宋元丰五年四月眉山苏轼见于秘府"。王恺是谁呢?他是西晋的大富豪,可以说富可敌国。苏轼我们比较熟悉,是宋代的大文豪。"秘府"是皇宫里收藏图书和器物的地方。这两行小字,

表明什么呢？表明这个茶具曾经是为皇家所收藏的古玩珍器，而且是苏东坡在皇宫里见到过的。妙玉给黛玉用的茶具叫作"杏犀䀉"，是用犀牛角制作的贵重之物。给宝玉的茶具叫"绿玉斗"，看起来呢不是那么特别，宝玉就开玩笑说："他两个就用那样古玩珍器，我就是个俗器（就是平常的东西）了。"妙玉就抢白他："这是俗器？不是我说狂话，只怕你家里未必找的出这么一个俗器来呢。"

作者在这些茶具上用了好多笔墨进行描写，他想要说明什么呢？他是在暗示妙玉原来的家境。那肯定是一个富贵之家，其富贵的程度，很可能不低于贾府。这样问题就来了：如此人家，就算是父母俱亡，又怎么能够让他们的小姐以出家人的身份流落异乡，寄人篱下？

唯一可以成立的解释是，这个家庭甚至他们整个家族都已经彻底败落了。

我们继续往前推究，一个大族巨室，如果是缓慢地衰落下去，要经过很长的时间，一般要经历几代人。而妙玉还保存着家中不少珍贵的器物，这表明她的家族并不是缓慢衰落的，因为在缓慢衰落的过程中，值钱的东西也会被消耗掉，最终留下来的不会太多。

而大族巨室如果在很短的时间内就败落到了不可收拾的程度，那么唯一可能的原因就是突发的政治变故。曹雪芹这么费力地去写那些茶具，其实就是为了给我们一个暗示，妙玉很可能就是出生在一个受政治变故牵连而突然败落的豪门世家。由此来看，小说里面写妙玉因为生病而入了空门，恐怕也是一个含糊其词的写法，所谓"遁入空门"，更大的可能是躲进了空门避难。这是中国古代社会极有可能出现的现象，政治上的失败者走到了这一步，表明他和世间的纠葛已经了结了。何况妙玉一个女子，她的危险性是有限的，她家族的仇家或者政敌也就任由她青灯黄卷，消磨余生去了。

《红楼梦》有宏大的雄心，作者要写各种人物在各种命运中的生存。妙玉也是一种人物类型，她的特殊命运造成了她的特殊性格。

换一个角度来说，我们知道曹雪芹的家族就是由于政治原因而突然败落的。这个家族中的人在陷入那种厄运时，曾经遇到过很多困难，特别是还要维护自尊与体面的生活，是很艰难的。《红楼梦》在"金陵十二钗"中，安置了妙玉这样一个与贾府完全没有亲缘关系的女子，是一种特别的设计，从中我们也许能够感受到作者创作人物时的一种特殊心情。

我们再回到故事里面来。

宝钗、黛玉、宝玉三个人在妙玉那里喝茶，宝玉细细地饮了茶，觉得茶味非凡，赞不绝口。品茶，不仅讲究茶叶，还要讲究水。黛玉就问妙玉："这也是旧年的雨水？"这里要指出的是，妙玉给贾母递茶的时候，用的就是旧年的雨水。古代人把雨水收集起来，封存一段时间再用，这是泡茶比较讲究的水。这一点我们现代人可能不容易理解，但我们要知道，古代的雨水比现在的雨水可干净多了。

妙玉听了黛玉这个话，冷笑起来："你这么个人，竟是大俗人。"

我们读《红楼梦》读到现在，一直像仙子一样的黛玉，忽然被人称为"大俗人"，你会感到奇怪吧？但妙玉认为自己没有看错，因为黛玉"连水也尝不出来"。

那么，妙玉到底用的是什么水呢？她说："这是五年前我在玄墓蟠香寺住着，收的梅花上的雪，共得了那一鬼脸青的花瓮一瓮，总舍不得吃，埋在地下，今年夏天才开了。"这就是梅花上的雪化成了水，把这些水藏在一个名贵瓷器里，在地下埋上五年，然后再用来泡茶。这表明什么呢？表明妙玉的生活非常非常精致，她用这种精致来体现自己人格的高贵。其他人无论境况比她好多少，都不可能比得上她的高贵。

我们知道，妙玉如今沦落在贾府的栊翠庵里。她和那个栊翠庵都不过是大观园的一个点缀。因此，她是在用五年前梅花上的雪，挽留自己已经失去的身份上的高贵。

前面说到贾母吃了半盏茶，就把茶盅递给了刘姥姥。刘姥姥把茶一口喝尽了。妙玉为此特地吩咐庵里干杂事的妇人，"将那成窑的茶杯别收了"。连黛玉都已经是"俗人"，那刘姥姥就更不用说了，妙玉觉得刘姥姥喝过后，杯子被弄脏了，不能要了。

宝玉觉得可惜，赔着笑对妙玉说："依我说，不如就给那贫婆子罢，他卖了也可以度日。"妙玉听了这话，想了一想，点点头说："这也罢了。幸而那杯子是我没吃过的，若是我吃过的，我就砸碎了也不能给他。"这话听上去很奇怪，你喝过的杯子，为什么就不能给别人用呢？但妙玉有自己的道理，她只要想到自己用过的东西现在被一个脏婆子用，她内心里就完全无法忍受。

这看起来是一种骄傲，但又不只是骄傲，她还表现出一种过度的洁癖。这种洁癖其实是一种心理病症，最常见的原因是由于环境的压迫而造成内心的紧张。她试图通过排斥、拒绝外界的人与事，来掩饰自己的恐惧和不安。

妙玉的孤傲和洁癖，有时候让人感到不舒服。她做作，让人受不了，但作者却写出了她在自己的命运中是如何生存的。

至于刘姥姥她拿那个成窑五彩小盖盅干什么去了，把它卖了多少钱，作者并没有给我们交代。在游览栊翠庵之后，刘姥姥因为一件事和王熙凤忽然亲近起来，这为小说的结局埋下了一条意味深长的伏线。我们下一讲再说。

第78讲

板儿和巧姐

上一讲我们说到贾母带着刘姥姥游了栊翠庵,见过了妙玉。从栊翠庵出来以后,刘姥姥肚子不舒服,仆人指给她一个方向,刘姥姥就方便去了。

在这前面,王熙凤恶作剧,用特大的酒杯哄着刘姥姥喝了满满一杯酒,其间刘姥姥又吃了许多油腻的食物,觉得口渴又多喝了几碗茶,就弄得拉肚子了。在厕所里蹲了老半天才出来,你想她一个老人家,喝得醉醺醺的,又蹲厕蹲了很长时间,出来后只觉得眼花头晕,根本分不清路。于是,刘姥姥东撞西摸,糊里糊涂,竟然闯进了宝玉的怡红院,还闯进了宝玉的卧房。这时候,刘姥姥带了七八分醉意,又走乏了,看见一个精致的床帐,一屁股就坐在床上,想要歇一歇。没想到"身不由己,前仰后合的,朦胧着两眼,一歪身就睡熟在床上"。

众人等她老不回来,板儿见没了姥姥,急得都哭了。大家便各处搜寻,都找不着人。最后还是袭人聪明,她估摸刘姥姥走路的方向,就疑心:会不会走到怡红院去了?袭人一边想着这事一边往回走,刚回到院子就叫人,哪里知道那几个房里的小丫鬟都已经偷空出去玩儿了。

袭人进了房门,隔老远就听见鼾声如雷,赶忙进来,"只闻见酒屁臭气。满屋一瞧,只见刘姥姥扎手舞脚的仰卧在床上"。袭人见了大吃一惊,慌忙赶上来把刘姥姥没死活地推醒了,并再三叮嘱她千万不要说进了宝玉的卧房。随后袭人就点起熏香来,驱散那酒屁臭气。幸亏这事没人知道,袭人也就把它瞒过去了。

《红楼梦》设计刘姥姥醉闯怡红院的情节非常特别。

怡红院是宝玉住的地方。宝玉就是贾府的宝贝,贵重无比,怡红院的装饰也特别精致华丽。小说里面借刘姥姥的醉眼,描述了这个天宫一般神奇而美妙的地方,我们只选其中一句话,就是刘姥姥见满屋子"金彩珠光,连地下踩的砖,皆是碧绿凿花",连地砖也是经过雕刻的,竟把她的眼睛都看花了。

那么刘姥姥呢,她名义上算是贾府的一个亲戚,可是除了贾母对她稍微好一些,就连贾府的奴仆,也都觉得她又贫贱又土气。谁都可以取笑她,拿她寻开心、找乐子。可就是这么一个贫贱而粗鄙的乡下老太太,竟然闯进了宝玉的卧房,不仅四仰八叉地睡在他的床上,还在那里畅快地打鼾、放屁。

板儿和巧姐

原文的这一段读上去很好玩，好像刘姥姥无意之中为自己报了仇。更重要的是，这一段情节还以象征的方式告诉人们：所谓荣华富贵，所谓大户人家的场面，其实都是虚妄的东西。刘姥姥在那里放个屁，也不算什么。

在刘姥姥游大观园的故事里，作者隐晦地表达了一种平等意识。这种平等意识又以更深刻的方式，体现在刘姥姥的外孙板儿和王熙凤的女儿巧姐两个人的身上。

刘姥姥两次进贾府，都是带着外孙板儿。这孩子大概有五六岁，梗梗的，土里土气，没有什么聪明伶俐的表现。他在探春房里，得到一个佛手，就这么拿着玩。随后到了栊翠庵，奶妈抱了王熙凤的女儿过来，才两三岁的光景，这时候还叫"大姐儿"，没叫巧姐呢。这大姐儿原来是抱着一个大柚子在玩，"忽见到板儿抱了一个佛手，便也要佛手"。丫鬟就把大姐儿的柚子给了板儿，换了板儿的佛手来给她玩。板儿已经玩了老半天的佛手，看到这柚子又香又圆，更觉得好玩，就把它放在地上当球踢来踢去，也就不要原来的佛手了。身份贵贱是成人社会的事情，孩子不懂这个，他们天然是平等的。你拿一个柚子来换我一个佛手，大家都开心。

有人可能会说你这解释得有点夸张，但是别着急，我们继续往下讲。

第二天，刘姥姥带着板儿来见王熙凤，说明天一早定要回去了，得到贾府这么优厚的款待，她千谢万谢，感恩不尽。至于别人如何戏弄她，她好像已经忘了。王熙凤就说起她的女儿大姐儿因为闹着要找妈妈，谁知在园子里招了风，发起热来。

刘姥姥便说："小姐儿只怕不大进园子，生地方儿，小人儿原不该去。比不得我们的孩子，会走了，那个坟圈子里不跑去。"这话的意思就是说，你们家孩子娇贵，不熟悉的地方去不得；我们家孩子低微，连坟圈里面都可以去。

王熙凤就感慨说："我这大姐儿时常肯病，也不知是个什么原故。"刘姥姥说，这是因为富贵人家的孩子过于娇生惯养，太娇嫩。这是穷人的生存经验：太娇嫩，生命就没有力量。这话触动了王熙凤。她郑重其事地向刘姥姥提出一个要求：请刘姥姥给女儿起个名字。为什么呢？她说"一则借借你的寿；二则你贫苦人起个名字，只怕压的住他"。

我们知道王熙凤为人高傲，性格坚强，有时甚至可以用狠毒来形容。她素来不求人，但她也是一个母亲。作为母亲，她的心是柔软的。

王熙凤让刘姥姥给女儿起名，是因为在她看来，穷人命硬，希望借助刘姥姥生命中那股坚韧的力量，给柔弱的女儿带来一种保护。其实穷人的命并不硬，在种种苦难之中，穷人大片大片地死去，只有挺过那些人生苦难的穷人，他们的命才是硬的。他们扛得过无尽的风雨。

在刘姥姥留在贾府的几天时间里，王熙凤不断地捉弄她，但王熙凤也从中体会到刘姥姥生命力量的旺盛。她希望刘姥姥的生命力能够扶助她的女儿。这时候,她对刘姥姥是敬重的,因为她不能不敬重生命。

刘姥姥答应了。王熙凤告诉她,孩子的生日是七月初七,传统习俗认为这种单数相重的日子是不吉祥的。刘姥姥忙笑道:"这个正好,就叫他是巧哥儿。这叫作'以毒攻毒,以火攻火'的法子。姑奶奶定要依我这名字,他必长命百岁……或一时有不遂心的事,必然是遇难成祥,逢凶化吉,却从这'巧'字上来。"姥姥给孩子起了名,也给孩子送了祝福,以后这女孩就叫"巧姐"或"巧哥"。王熙凤听了,心里十分欢喜,连忙道谢,又笑着说:"只保佑他应了你的话就好了。"

刘姥姥要回去了。王熙凤是管事的人,由她经手,贾府赠送给刘姥姥的礼物那可是比第一次要丰厚得多。光白银就是一百多两,其他绸布、衣服、干果等等,整整堆了半床。

读到这,你也许会问:刘姥姥给巧姐起的这个名字,难道真的管用吗?刘姥姥最后确实保佑了巧姐。不过,这可不是因为她为巧姐起了个名,而是缘于王熙凤曾经帮助过她,曾经对她有所期待。**刘姥姥不但懂得感恩,而且她的生命也确实是有力量的。**

按照曹雪芹所写的前八十回留下的预言和线索,以及和他关系亲密的人在抄本上留下的评语提示,我们可以大致描述出这样一个结尾:在贾府崩塌的过程中,王熙凤进了牢房,最后死于牢狱中。巧姐不幸流落红尘,而刘姥姥历经艰难把巧姐解

板儿和巧姐

救出来,并将她带回到乡间。最终,巧姐嫁给了板儿,做了一个农人之妇。最初,他们两个孩子拿佛手和香柚做交换,就带有象征的意义。

看到现在你是不是意识到,《红楼梦》这部小说其实也是在讲一个关于"世事沉浮"的深刻道理呢? 最初,板儿的曾祖父和王夫人的父亲连宗,目的是攀附豪门,但还没来得及攀附,就迅速衰落下去了。到了狗儿这一代,日子过不下去,刘姥姥不得不忍受羞辱,来到贾府向王夫人、王熙凤求助。

等到王熙凤穷途末路的时候,却是刘姥姥挺身而出,以她老迈而刚强的身躯拯救了王熙凤的女儿,这是王熙凤在世间唯一的挂念。当巧姐嫁给板儿的时候,这两个姓王的人家,终于又"门当户对"了。这样的故事,能够让我们对人生有更好的理解。

回到小说中,我们继续讲大观园里的故事。想不到吧?宝钗要审问黛玉了,这是怎么回事呢?我们下一讲再说。

思想教育

上一讲我们说到刘姥姥离开了贾府，第二天，宝钗、黛玉等人吃过了早饭，又往贾母处来请安。她俩回到大观园，走到道路分岔的地方，应该分开来走了，宝钗却把黛玉叫住："颦儿，跟我来，有一句话问你。"黛玉就跟着宝钗来到了蘅芜苑。

进了房，宝钗自己先坐下了，笑着说："你跪下，我要审你。"这是一副半开玩笑半认真的样子。黛玉不知道是何缘故，就笑道："你瞧宝丫头疯了！审问我什么？"

宝钗冷笑着说："好个千金小姐！好个不出闺门的女孩儿！满嘴说的是什么？你只实说便罢。"这时的话语中似乎仍然带一点玩笑，但神情、口气都已经变得很严肃了。

黛玉仍然不明白，依然微笑着，但是心里也未免疑惑起来：自己是不是真的说错了什么话？嘴里只说："我何曾说什么？你不过要捏我的错儿罢了。你倒说出来我听听。"

薛宝钗笑着说："你还装憨儿。昨儿行酒令你说的是什么？我竟不知那里来的。"

事情还要从前一天说起。那天贾母带着刘姥姥游大观园，设了酒宴，酒宴上还行了酒令。什么叫"酒令"呢？这是酒宴上用来助兴的游戏，花样很多。通常行酒令有个酒官，等于是游戏节目的主持人，这一天是由贾母的丫鬟鸳鸯担任酒官。这一天的酒令比较简单，鸳鸯每次摸出三张骨牌，这三张牌就形成一组。然后她每拿出一张牌，报出它的名称，轮到的人就要跟着说一句押韵的话，诗词或者俗语都行。说不出来或说出来不合要求的，就罚酒一杯。譬如轮到宝钗的时候，鸳鸯说："当中'三六'九点在。""三六"是牌名，上面三个点下面六个点，总共九个点。接这句话的人说出来的词要押上这句话的韵，所以宝钗就说："三山半落青天外。"这是一句李白的诗。

宝钗后面就是黛玉。鸳鸯又道："左边一个'天'。"黛玉道："良辰美景奈何天。"宝钗听了，回头看着她。为什么呢？黛玉说的这句话是《牡丹亭》里的一句唱词。这有问题吗？我们先继续往下看。后面鸳鸯说："中间'锦屏'颜色俏。"黛玉就应了一句："纱窗也没有红娘报。"这是《西厢记》里面的说白。

行一次酒令，三张单独的牌都各有一个名字，合起来这一组牌又有一个名字，轮到的人总共要说四句话。到了黛玉这

骆玉明给孩子讲 **红楼梦**

一轮，四句中她就说了一句《西厢记》、一句《牡丹亭》里的句子。是她没别的东西可说了吗？当然不是。黛玉满肚子的文辞，出口成章。她说这两句，是因为她心里常想着《西厢记》和《牡丹亭》中的句子；而她和宝玉爱情孕育的过程，也是和这两部爱情文学的经典作品联系在一起的。于是，行酒令的时候她顺口就说出来了。

说出这样的句子，证明她不仅读过这两部书，而且很熟悉，记得牢，但这对一个闺阁小姐来说，却是有问题的。

我们稍微讲得仔细一点：在《红楼梦》的时代，《西厢记》和《牡丹亭》这两部剧作在舞台上是可以演出的，我们看到原著中元妃省亲时，就有《牡丹亭》的节目表演。只是那时候看戏是一种娱乐，读书就是严肃的生活，两者是不同的。如果是成年人读这种书，虽然不算什么稀罕事，但一般也不会大张旗鼓地去说。至于年轻人，尤其是年轻的小姐，读这种不正经的"邪书"被别人知道了，是不合规矩的，也是"丢脸"的。黛玉在大庭广众之下吟诵《西厢记》和《牡丹亭》的名句，那是太不小心了。

宝钗这么一说，黛玉就想起来了，觉得昨儿真是失于检点，不自觉就红了脸，上前搂着宝钗，笑着说："好姐姐，原是我不知道随口说的。你教给我，再不说了。"这个"教给我"就是教导我的意思。因为这是难为情的事情，黛玉也不好太倔强，索性就撒娇装萌了。宝钗又很懂得掌握火候，不能一下子就轻易放过她，也开始装："我也不知道，听你说的怪生的，所以请教你。"意思就是：你说的句子很陌生啊，我不懂，你能告诉我吗？黛玉羞得满脸飞红，无可奈何，只好再次求饶："好姐姐，你别说与别人，我以后再不说了。"

这时候宝钗怎么办？板着脸严厉地追问下去吗？那么黛玉弄不好要恼羞成怒，事情就会弄僵。你又不是她妈，凭什么要你来教训她？

那么就此放过行不行？这也不是办法。宝钗说到这一步，其实已经在两个人之间种下了不愉快，更重要的是，这达不到宝钗说这个话题的目的——她是真的要关心和教导黛玉的。

宝钗是一个非常老练的人，到了这个地步，她就不再往下追问，而是拉着黛玉坐下吃茶，把话题一转，转到自己的身上。她先说："你当我是谁，我也是个淘气的。"这话的意思就是我本来跟你一样，我是能够理解你的。然后就说她小时候，家里藏书很多，但大家都是怕读正经书。像《西厢记》这一类的剧本，无所不有，小孩子们都背着大人偷偷地看。这一下子，就把自己和黛玉拉得更近了。你看，这种书我也读，恐怕读得也不比你少！

那么后来呢？"后来大人知道了，打的打，骂的骂，烧的烧，才丢开了。"这意思就是说，原本我们也不是很自觉的。

读到这儿，我们不得不钦佩宝钗。她成熟老练，真不是一个普通的女孩。当她要指责、教导黛玉的时候，她不是站在高

于对方或者与对方对立的立场上来说话。她首先站到对方的立场上,表明咱们都是同样的人,你做过的事情我也做过,先把对立的关系抹掉。

仅仅这样做当然是不够的,这并不是她的目的。站到对方的立场上去,是为了和对方一起走出来。

话题再一转,说到这样的话:"所以咱们女孩儿家不认得字的倒好。男人们读书不明理,尚且不如不读书的好,何况你我。"她强调,读书的目的是要明理,如果一个人不能明理,还不如不读书、不认得字。按照宝钗的说法就是,"你我只该做些针黹纺织的事才是,偏又认得了字……"这句话就是明明白白地赞同"女子无才便是德"的这样一种道理。

其实宝钗是大观园的女孩当中读书读得最多的。她这么再三宣扬女孩不认得字当文盲反而更好,是为了最后推出那句最重要的话:"既认得了字,不过拣那正经的看也罢了,最怕见了些杂书,移了性情,就不可救了。"书读得不对,读了杂书、邪书,会有极大的危险,比如"移了性情",或者思想上走了歪路,品德变坏了。这是一句分量极重的话,所以在说出来之前,要做大量的铺垫。

或许有人要问,宝钗教导黛玉不可以"移了性情",具体是指什么呢?小说里并没有明确地说出来。

我需要提醒你,这里有一个重要的细节值得关注。就是在原著第三十六回,那时候宝玉挨了打后仍然在养伤。有一天宝钗去看他，宝玉却睡着了，袭人有事又走开了一会儿，于是就留下宝钗一个人在宝玉的床边坐着。忽然宝钗听见宝玉在梦中喊骂道："和尚道士的话如何信得？什么是金玉姻缘，我偏说是木石姻缘！"这话的意思是很清楚的，它所表达的宝玉的意志也是明确的，当时宝钗听了这话，不觉愣住了。

我们知道了这个背景，再来看宝钗苦口婆心地警告黛玉切不可"移了性情"，那恐怕真的是具体有所指的。不过，你也不要简单地认为，宝钗这样说就是为了打击黛玉，为了自己的"金玉姻缘"来着想，这也太小看她了。她是真的觉得女孩子必须遵循所谓的"妇德"，不可以想入非非。

从前面教导黛玉的方式来看，我们很佩服宝钗的成熟与老练；到这里，我们又不能不感慨她的确严格遵循着传统的"妇德"，那样自觉、那样坚定。她确实是《红楼梦》里一个遵循"妇德"的典范。

黛玉这样被教育后，反应怎么样呢？书中说她"垂头吃茶，心中暗伏，只有答应'是'的一字"。从表面上看，她是认同了宝钗的批评。这体现着当时社会主流的价值观，黛玉也没有办法去反对。

从后面的故事情节发展来看，黛玉和宝钗的关系，就是从这里开始发生了转变，她们渐渐变得亲密起来。黛玉切实意识到，宝钗这样说是为了她好，是为她着想。但黛玉对待生活的态度、对待她和宝玉的关系，却并没有因为宝钗这样的思想教

思想教育

育发生任何改变。

  我们回到小说情节中。贾府里面因为刘姥姥的到来，热闹了好一阵。刘姥姥走了以后，又有一件热闹的事情要发生了，我们下一讲再说。

同一天的生日

前面连着几讲，我们都在说刘姥姥游大观园和由此引发的故事，这一讲，我们要说说大观园在九月初二这一天发生的事。刘姥姥走后，贾府的人就回到了他们的常规生活中。这时已到深秋，眼看着快到九月初二了，那一天是王熙凤的生日，于是又有一番热闹。

王熙凤是深得贾母欢心的孙媳妇，贾母要亲自给她张罗生日。这一天，贾母先把王夫人叫来，商量这件事情。她说前两年贾府遇到些大事，王熙凤的生日都是含混地过去了，今年得好好操办一回，大家好生地快乐一天。

这个生日该怎么操办呢？贾母想出来了一个新鲜主意。她说："咱们也学那小家子大家凑分子，多少尽着这钱去办，你看好顽不好顽？"就是所有相关的人，每人出一份银子，合在

同一天的生日

一起，作为庆祝生日的活动经费。

按照贾母的说法，这是小户人家的做法，贾府这种豪门本来是不兴这一套的。可是她为什么提出这样一个建议呢？首先是更加热闹，你出多少，我出多少，显得好玩；同时也让王熙凤更加有面子，毕竟这是所有人出钱给她过生日。贾母这么一说，王夫人当然赞同。于是众丫头婆子各自分头去请的请，传的传，不到一顿饭的工夫，老的，少的，上的，下的，乌压压挤了一屋子。从贾母开始，然后薛姨妈、王夫人、邢夫人，一直到平儿、袭人、彩霞等几个有脸面的丫鬟，各自按照身份的高低，认下自己的数额。这等于是贾府上上下下一齐给王熙凤过生日。王熙凤是谁，那是贾府的凤凰啊，多么光彩！

这个凑份子钱的过程里，有个细节很有意思，我们来仔细品一品。

从贾母领头，所有相关的女眷一层层下来各自认银子的份额，到了尤氏和李纨，她们每人认了十二两银子。这时贾母连忙对李纨说："你寡妇失业的，那里还拉你出这个钱，我替你出了罢。"

你还记得李纨的丈夫就是宝玉的哥哥贾珠吧，他很早就去世了。老太太可怜李纨，说她又没有什么收入，要代她出这份钱。那一边王熙凤赶忙说，老太太自己一份，又要给宝玉和黛玉出两份，再加上李纨的一份，她说老太太"说着高兴，一会子回想起来又心疼了，过后儿又说'都是为凤丫头花了钱'，使个巧法子，哄着我拿出三四分子来暗里补上，我还做梦呢"。所以她提出来，她情愿给大嫂子出这份钱。说得众人都笑了。

王熙凤平日里总是花言巧语，嘻嘻哈哈，但每次她都有细致的考虑。

老太太要代李纨出钱，并没有多想什么，但她说的话，对王熙凤有不利的地方——你看看你过个生日，平白无故地给别人添麻烦，让一个"寡妇失业"的嫂子给你出钱！老太太的兴头，谁也不敢违背，可是对王熙凤不满的人，就可以借着老太太的这句话来讥讽王熙凤。

因此，王熙凤就主动把这笔账给接了下来。这么做的好处有很多：一来是体贴老太太。老太太虽然不差钱，可是王熙凤这么做，也是一份孝心。二来就是讨好了大嫂子，李纨不用出钱，让她减轻了负担。三来就是显出自己的大度，塞住了别人的嘴。这叫一箭三雕，王熙凤为人处世很厉害。

不过真正有趣的地方还在后面。贾母把张罗王熙凤生日这件事情，交给了贾珍的妻子尤氏，说是要让王熙凤一点也不用操心，好好地享受一天。于是荣国府这边，大家的份子钱收起来以后，王熙凤就要把这些钱交给尤氏。

第二天早晨，尤氏来见王熙凤，只见王熙凤已经把银子都封好了。尤氏不那么相信王熙凤，就把那银钱点了点，结果就差了李纨的一份。于是尤氏就笑王熙凤，说她糊弄什么鬼呢？意思是说，王熙凤认下的那笔钱怎么不放进去呢？王熙凤笑着说:"那么些还不够使?短一分儿也就罢了,等不够了我再给你。"她就把这笔账给赖了。我们刚刚才说她一箭三雕,可是她这箭是支空箭,她竟然用一支空箭就射下了三只"鸟"!真不愧是王熙凤!

转眼到了九月初二,大观园中的人都听说尤氏会办得十分热闹,不但有戏班子表演,而且连杂耍、说书都有,大家都准备好好地玩乐一天。

可是这天一早,宝玉却不知跑哪儿去了。李纨有事要找他,怎么也找不着。仔细打探了一下,才知道他今儿一早就穿着素服出门去了。大家都觉得,宝玉无论如何今天不应该出门呀,二奶奶的生日,连老太太都这么高兴,宁国府、荣国府上上下下都来凑热闹,他倒是跑了,这是怎么回事呢?

对于这件事,小说里也没有明确交代,需要我们一步步读下来才能明白。那么,我们就顺着故事的脉络往下讲。

原来宝玉心里早就挂念着一件事情。前一天他就吩咐他的小书童茗烟做好了安排。今天一早,"宝玉遍体纯素,从角门出来",就是穿着一身白衣服,从大观园后门出来,和茗烟骑着事先备好的两匹马,沿着大街向前奔跑。奇怪的是,宝玉自己也并不知道要去哪里,茗烟跟他说,眼前这条街通往京城北门,出了城门就冷冷清清没什么可玩的。宝玉却点头说:"正要冷清清的地方好。"于是他俩就快马加鞭出了城门。

出了城门,一口气又跑了七八里路,人烟也渐渐稀少了,这时宝玉才勒住马，又要找香，又要找香炉。读到这里，我们才知道宝玉的意思——他要祭奠一个人。可这荒郊野外的，哪里去置办祭奠用的东西呢？

还是茗烟想到了一个主意，他提出"往前再走二里地，就是水仙庵了"，这庵里的姑子常去荣国府，跟她借个香炉用用应该很方便。

宝玉原本不喜欢这个水仙庵，但这会儿听说后，却十分喜欢。他说这个尼庵"今儿却合我的心事"，正好借它用一用。

为什么这水仙庵今天正合宝玉的心事呢？原来，水仙庵供养的是洛水女神。相传她是伏羲的女儿，不幸溺水而亡，然后成了洛水女神。宝玉说水仙庵正好切合他的心事，那就给出了一个暗示：他要祭奠的是一个女孩，而这个女孩的死，很可能与水有关。

到了水仙庵，宝玉就向老姑子借香炉使用，然后同茗烟来到后面的园子里，要找一块干净地方，可是东看西看都不满意。茗烟说："那井台儿上如何？"这无意间看到的地方，正合宝玉的心意，两人一齐来到井台上，把香炉放下。宝玉焚起香来，含泪施了半礼。为什么是"半礼"呢？因为行礼的人身份高于被祭奠的人，施全礼就不合习俗，对方也受不起。讲到这里，你猜到宝玉要祭奠的人是谁了吗？

到了最后一笔，作者才把这个谜底点出来，但还是不明说。原文写宝玉赶回贾府，换了衣服，径直就去往花厅，耳

内早已隐隐听到歌声和音乐声,那是戏班子在演戏呢。刚走到过道那边,只见丫鬟玉钏儿"独坐在廊檐下垂泪"。玉钏儿一见宝玉过来,就收起眼泪催他快进去,要是再过一会儿还不来,准就闹翻了。宝玉赔笑说:"你猜我往那里去了?"玉钏儿不回答,只顾擦眼泪。

这个玉钏儿是金钏儿的妹妹。你现在应该知道,宝玉不顾一切,跑到冷冷清清的郊外,独自祭奠的人是谁了吧,就是玉钏儿的姐姐金钏儿。那个无缘无故被王夫人甩了一巴掌,又被无情地辱骂一番,最后被撵出贾府而无奈自杀的丫鬟。今天也是她的生日。

《红楼梦》在这里做了一个深刻的对照。王熙凤的生日荣耀非凡,热闹非凡,金钏儿的生日,几乎没有人记得。在那个时候,一个丫鬟的生命算不了什么,死了,什么都过去了。只有她的妹妹流着眼泪默默想念着她,在这个欢腾的日子里,无声无息地想念着她。

由此，我们更容易懂得宝玉的可贵。

金钏儿的死跟宝玉有一点关系，他对此抱有一些羞愧之心，但这并不是宝玉执意要祭奠金钏儿的根本原因。他更多的是在痛惜一个美丽的生命无辜丧亡，这个死亡，令人感到世界充满了不安。那为什么他要跑到冷冷清清的郊外去祭奠呢？也许是唯有这种孤寂才能表达宝玉内心的虔诚。

我们回到大观园中，王熙凤的生日宴会正在进行，谁也没想到在喜庆的氛围中，酝酿了一个荒唐的意外。我们下一讲再说。

81讲

生日闹剧

上一讲我们说到宝玉去郊外祭奠金钏儿,再回到荣国府。贾母之前不放心,如今见宝玉回来了,说他几句也就罢了。

这边为王熙凤庆生的宴席已经开起来了。贾母说定要叫王熙凤痛痛快快地乐一天,她和薛姨妈、邢夫人、王夫人几个长辈都不坐到酒席上,避到一边随意地躺着、坐着看戏,让王熙凤和平辈的姊妹们坐在一起,这样就不拘束了。然后又特意吩咐尤氏等人,"让凤丫头坐在上面,你们好生替我待东,难为他一年到头辛苦"。

于是姊妹们就很自在,一轮一轮上来敬酒,接下来一些年辈高、有脸面的女仆,就是管家婆一类的人,也来跟着凑热闹。最后,鸳鸯领着几位丫鬟也来敬酒。王熙凤真的不能喝了,连连告饶,可是鸳鸯不肯放过她,笑着说:"真个的,我们是没脸的了？不喝，我们就走。"王熙凤只好满满地又斟了一杯，喝光了。

过了一会儿，王熙凤觉得自己真的有点醉了，心里突突的好像要往上撞，就打算回家去休息一下。这一会儿下面又要接着演杂耍的戏，王熙凤就请尤氏帮她招呼着，自己"瞅人不防，便出了席，往房门后屋檐下走过来"。平儿留心，也忙跟了出来，王熙凤便让她扶着自己。

才走到穿廊下，只见王熙凤房里的一个小丫鬟正在那里站着，见她们两个来了，转身就跑。王熙凤当下就起了疑心，连忙喝住了她，连打带吓，小丫鬟只好招供，原来她是一个望风的。这丫鬟一面哭一面说："二爷在家里，打发我在这里瞧着奶奶的，若见奶奶散了，先叫我送信儿去的。不承望奶奶这会

子就来了。"

王熙凤一听，这话里有文章啊，继续追问："叫你来瞧着我干什么？难道怕我回去不成？"小丫鬟吓坏了，把来龙去脉都老实说了出来。原来贾琏在房里睡了一会儿醒来，就打发人去探探王熙凤在干吗，听说她刚刚才坐上席，还得好一会儿才结束，他就打开了箱子，拿了两块银子、两根簪子、两匹缎子，叫这小丫鬟悄悄地送给鲍二的老婆，顺便把鲍二的老婆叫进来。那鲍二的老婆收了这些东西就往贾琏屋里来了。然后贾琏就让小丫鬟站在外面望风。

对上面的故事情节，我们可以分析出这样几个要点：贾琏拿了一些财物，派人送给鲍二家的，就把她给叫来了，这说明他们之间已经形成一种默契。至于他们之间的关系，就是简单的金钱交易。

而贾琏做这件事，并没有周密的计划。他一觉醒来，得知老婆还有一段时间才能回来，就趁这个空隙临时找个乐子。他布置人望风放哨，一点也不严密，很容易就出了漏子。说到这里，你应该已经想起前面发生过的故事：贾琏与多姑娘儿之间的把柄落在了平儿手里，幸亏平儿帮他遮掩过去了。把两件事情联系起来，我们可以看到贾琏品格上的毛病：他就是这么一个马虎懒散的好色之徒。他对女人很不认真，对自己也很不认真。

这会儿落在王熙凤手里了，那贾琏还不知道，正乐滋滋地做大梦呢。你看王熙凤轻手轻脚走到窗前,往里面去听,只听里头有说有笑。

那妇人笑着说:"多早晚你那阎王老婆死了就好了。"贾琏说:"他死了,再娶一个也是这样,又怎么样呢?"那妇人又说:"他死了,你倒是把平儿扶了正,只怕还好些。"贾琏道:"如今连平儿他也不叫我沾一沾了。平儿也是一肚子委曲不敢说。我命里怎么就该犯了'夜叉星'。"夜叉星就是所谓"母夜叉"。

我们在这里还是要说明一下:平儿的身份,既是奴婢又是妾,她和贾琏之间具有合法的关系。但王熙凤是一个骄傲的女人,她不能容忍别人和她分享一个丈夫,就连她自己的亲信平儿也不行。用当时的眼光来看,王熙凤就是个"醋坛子",她的行为不符合"妇德",但站在现代的立场来看,那当然又是另外一回事了。

王熙凤在那里听着,气得浑身打颤,事情整个就乱套了。

王熙凤带着酒劲就爆发了。她的第一步是回身把平儿先打了两下。为什么打平儿?因为贾琏跟鲍二家的都在称赞平儿,因此她怀疑平儿跟他们是一路的,背地里也说过很多自己的坏话。

第二步,抓着鲍二家的撕打一顿。王熙凤动手跟一个仆人的老婆撕打,是不是很失身份?可她本来就泼辣,这时候气疯了,也就顾不得身份。

第三步，<mark>她又退回门口，堵着门。为什么？怕贾琏找机会溜走。</mark>她堵着门破口大骂，然后又打骂平儿，说平儿和贾琏他们都是一样的。

平儿无缘无故遭这么个冤枉，只气得干哭，骂道："你们做这些没脸的事，好好的又拉上我做什么！"说着也和鲍二家的撕打起来。

贾琏本来就是个怕老婆的人，看见王熙凤从门外冲进来，不知如何是好。可是他正在兴头上，猛然被泼一盆凉水，情绪上转不过来，难免就恼羞成怒。他不敢直接对王熙凤发火，就上来踢平儿，骂平儿居然也敢动手打人。

平儿一个丫鬟，她怎么敢跟贾二爷对着干？赶紧就住了手，哭着抱怨："你们背地里说话，为什么拉我呢？"

王熙凤见平儿怕贾琏，越发生气，又赶上来打平儿，还偏要让平儿去打鲍二家的。平儿被他俩逼得无路可走，急了，就跑出来找刀子要寻死。

<mark>平儿从来就是一个小心仔细的人，而眼前的事情，跟她的关联也最少。可是在这当口上，王熙凤要拿她撒气，贾琏也要拿她撒气，她成了他们夫妻俩发泄愤怒、怨恨的对象。</mark>为什么呢？因为她是个奴婢，在主人的气无处发泄的时候，她就算再仔细、再能干也保护不了自己。

一切都乱套了。王熙凤见平儿要寻死，心里知道自己把事情闹大了，可是她哪里肯认输？索性再闹大，乱到头再说。于

是一头就撞进了贾琏的怀里，叫道："你们一条藤儿害我，被我听见了，倒都唬起我来。你也勒死我！"

贾琏被逼到了死角，没有退路，气得他从墙上拔出剑来，说道："不用寻死，我也急了，一齐杀了，我偿了命，大家干净。"

一个生日过成这个样子，谁也没有料到。正闹得不可开交的时候，只见尤氏带着一群人来了，说道："这是怎么说，才好好的，就闹起来。"

贾琏见众人都围上来了，心里明白事情快要转弯了。可是他手里提着一把剑，总不能自己把剑摔了，总得让别人给他台阶下。再说，他今天是喝了酒的，"仗酒三分醉"，不妨摆一摆大丈夫的威风。于是挺起脖子，就是要杀王熙凤。

王熙凤见人来了，就不像先前那么泼辣了，她需要一个改变局势的策略。于是她丢开众人，就哭着往贾母那边跑。此时戏已散了，王熙凤跑到贾母跟前，趴在贾母怀里，只说："老祖宗救我！琏二爷要杀我呢！"

贾母、邢夫人、王夫人等忙问怎么了。王熙凤哭着把刚才的事情添油加醋地说了一遍。贾母等听了，正要派人去"拿了那下流种子（贾琏）来"，只见贾琏提着剑赶来了，后面还有许多人跟着。

这事情闹下去怎么才能解决呢？我们下一讲再说。

82
讲

宝玉赔礼

上一讲我们说到贾琏提着一把剑要追杀王熙凤,这情形应该是非常紧张的。但是他追到贾母的房里,好像谁也没把他当回事。

邢夫人、王夫人见了,拦住骂道:"这下流种子!你越发反了,老太太在这里呢!"这话摆明了她们根本不相信贾琏拿把剑能干个什么。贾琏觉得不过瘾,继续发飙,斜着个眼睛说:"都是老太太惯的他,他才这个样子,连我也骂起来了!"好像骂了他是个了不起的事。邢夫人把他的剑夺下来,只管喝道:"快出去!"你要注意,那邢夫人并不是一个非常果断有胆气的人,她也不是贾琏的亲生母亲,她能一把就夺下剑来,除因为贾琏闹得太不像话之外,也因为她知道贾琏是在演戏。

接下来的一句写得可是够精彩的:"那贾琏撒娇撒痴,涎言诞语的还只乱说。"撒娇撒痴是什么意思呢？原来贾琏提着把剑假装要杀人，目的就是为了表明自己受委屈了，在发脾气呢！"诞言诞语"就是厚着脸皮胡说八道。这八个字，把贾琏写透了。他很荒唐，可是他也并不是一个阴险凶狠的人。看着贾琏这副腔调，贾母生气了，发火说："叫人把他老子叫来！"贾琏一听这句话，就趔趔着脚儿出去了。

这事情闹到这个地步，怎么才能收拾下来呢？贾母开始动用自己的权威。她告诉王熙凤，这事情不值得反应过度。贾母笑着说："什么要紧的事！小孩子们年轻，馋嘴猫儿似的，那里保得住不这么着。从小儿世人都打这么过的。"

贾母的意思是说，富贵人家的老爷们在外面做一些风流事，那是再平常不过的事情，人人如此。你可能会觉得贾母这么说，是为干坏事的人找借口，但是她说的也是实情。为什么贾琏做坏事被人抓住了，反而觉得自己很委屈呢？就因为"世人都打这么过的"。问题不仅出在贾琏身上，那个世道本身就有问题。

在贾母看来，王熙凤也有不对的地方，但她吃了好大的亏，也不能再说她了。于是贾母就说："都是我的不是。"怎么理解呢？贾母又说："他多吃了两口酒，又吃起醋来。"这下我们明白了：贾母的意思是说，她给王熙凤张罗生日，让别人向王熙凤轮流敬酒，结果把她给喝醉了。王熙凤醉了以后，就不能好好地控制自己，吃醋那劲儿也就特别大。这一说把众人都

宝玉赔礼

说笑了。大事化小，小事化无，一件动刀动枪的事，贾母把它解说成一个很滑稽的事情。随后又答应王熙凤："等明儿我叫他来替你赔不是。"这样就把王熙凤的火气稍稍地平息下去了。

在整个事件中，最无辜的是平儿。贾琏那边闹得昏天黑地，李纨赶紧把平儿拉到大观园里。平儿还在那里哭，哭得哽哽咽咽抬不起头来。宝钗就劝说她："你是个明白人，素日凤丫头何等待你，今儿不过他多吃一口酒。他要是不拿你出气，难道倒拿别人出气不成？别人又笑话他吃醉了。你这会子只管委曲，素日你的好处，岂不都是假的了？"宝钗说的这些话我们可以注意一下。她劝说平儿的立场非常清楚：王熙凤那是主子，平日她又对你好，她喝了酒，她不顺心，拿你出气是正常的。你要是只管哭，那就等于告诉别人，王熙凤对你是不好的。而言外之意是，你这样就对不起王熙凤。她在安慰平儿的时候，还是要告诉她：你要记住主奴身份的区别。主子对你的好哪怕只有一点点，你也永远不能忘记。当然，这是当时社会公认的准则。不过，就算它是公认的准则，你听到宝钗说的这段话也会不舒服吧。

这样一来，我们会看到宝玉的不同，以及他可贵的地方。

宝钗劝过了平儿，就去贾母那里了，宝玉就让平儿到怡红院来。平儿跟袭人一向是好朋友，她就和袭人诉说这一场冤屈，特别是说到"我们那糊涂爷倒打我"，心里委屈，禁不住流下眼泪。宝玉忙劝道："好姐姐，别伤心，我替他两个赔

不是罢。"这么一说,把平儿给逗笑了。她说:"与你什么相干?"你宝玉又不在这件事里面,你赔什么不是?宝玉的理由是什么呢?他笑着说:"我们弟兄姊妹都一样。他们得罪了人,我替他赔个不是也是应该的。"随后宝玉细心地吩咐丫鬟们伺候平儿梳妆打扮,让她恢复了青春光彩,这些细节我们就不多说了。

我们再来说说宝玉向平儿赔不是这里,你如果不仔细思考,可能会觉得宝玉那段话没有多大意思。也许他就是为了安慰平儿,勉强找个理由来讨好她;或者,你会认为宝玉由于喜欢女孩,常常会说些稀奇古怪的话。但宝玉这么说,他是认真

宝玉赔礼

的，作者这么写，也是有深意的。

我们再回到上一讲，在这个贾府喜庆的日子里，宝玉一大早出城干什么去了呢？祭奠一个因为受辱而丧失了美好生命的丫鬟金钏儿。如今他面对的平儿，同样是一个丫鬟，也是无缘无故被人欺凌。小说里面写宝玉的心事，他先是想到"贾琏惟知以淫乐悦己"，就是贾琏对女性只有粗鄙的欲望，根本没有精神上、情感上细致的关怀，而后呢又想到平儿并无父母兄弟姊妹，独自一个人，服侍贾琏夫妇二人。贾琏的俗，王熙凤的威，她竟能周全妥帖，就这样还遭受荼毒。宝玉想到这里，就又伤感起来，不自觉流下了眼泪。

从宝玉对这些丫鬟的不幸命运的同情来看，他对平儿那些赔不是的话，我们能够理解其中的真诚：他和贾琏、王熙凤都属于主子，贾琏夫妇俩欺凌奴婢，使得宝玉也为自己感到羞愧；再说了，他和贾琏都是男性，而贾琏和贾府中的其他男性一样，对美丽的女性只有欲望上的索求，毫无敬重和纯洁的情感，这也让他感到羞愧。

我们可以说得更远一点：曹雪芹所塑造的宝玉这一个艺术形象，寄托了作者对中国历史文化的批判的态度。宝玉之所以向平儿赔不是，其实也代表了曹雪芹这样先进的思想者，为历史的错误在向女性道歉。

我们再回过头去，想一想贾母说过的那句话"世人都打这么过的"。在贾母看来这很平常。但站在宝玉的立场上，或者再深一点，站在曹雪芹的立场上，就不是这样想的。"世人都打这么过的"并不证明他们是可以原谅的，而只是证明世人向来都是错的。

在上一讲，我们说到曹雪芹把金钏儿的生日和王熙凤的生日放在同一天，形成了一个深刻的对照；在这一讲，通过贾琏如何对待鲍二家的，宝玉又如何对待平儿，表现了两种完全不同的对待女性的态度，这也是一种深刻的对照。

我们回到故事中来。第二天，在贾母威严的命令下，贾琏乖乖地向老婆王熙凤赔了不是。因为贾母知道平儿受了委屈，也让王熙凤和贾琏安慰了平儿，贾琏也特别畅快地代表他们夫妻俩向平儿赔了不是。这样一来，贾琏就把一夜没有归家的一妻一妾都领回去了，一场风波就算了结了。

你有没有发现：在这一场风波中，还有一个人没有交代？是的，还剩一个鲍二的老婆。她怎么样了呢？

就在贾琏、王熙凤、平儿回到家，他们从彼此责怪重新回到和睦的气氛，又有说有笑起来的时候，一个管事的媳妇进来报告说："鲍二媳妇吊死了。"她的下场最惨。

本来，一个女仆和男主人偷情，静悄悄地过去了，在那个社会环境中也算不得什么大事。可是，由于王熙凤的一场大闹，贾琏演出了一场拔剑追杀的戏，把整个事件推向高潮，这件事情对鲍二媳妇而言，就引起了满世界的风波。她经受不住，也无从躲藏，只能选择一条死路。

宝玉赔礼

在人与人的冲突中，弱者总是最先被击垮。

听到这个消息，贾琏和王熙凤都吃了一惊。毕竟一条人命呢。但王熙凤立刻收起了惊怕的神色，反而喝道："死了罢了，有什么大惊小怪的！"她的性格不容她示弱，尤其对这个损害了她利益的女仆。她要告诉别人，这个卑贱的生命毫无价值。

贾琏当然多少还要担点责任，他要出面来收拾这件事情。他有两面的关系要处理：一是鲍二媳妇娘家的亲戚声称要告状，贾琏就许了他们二百两银子，又通过王子腾从官府那里施加了一点压力，也就摆平了；还有一面是要应付死者的丈夫鲍二。这更容易一些。贾琏给了他一些银两，安慰他说："另日再挑个好媳妇给你。"鲍二又有体面，又有银子，死个老婆又算什么，"便仍然奉承贾琏，不在话下"。所谓"不在话下"，就是用不着多说什么。

在中国古代小说里，作者在结束对一桩事件叙述的时候，常用"不在话下"四个字作为结语。但我们可以相信，曹雪芹在这里使用这四个字，并不是顺手而为的。它在这里，令人对人世的不公、对生命的荒唐和悲哀，生出无限感慨。

最近这两讲说的都是王熙凤过生日的事。给王熙凤主办生日的是谁呢？是贾珍的妻子尤氏。尤氏在《红楼梦》的故事里面已经出场好多次，我们还没有好好讲过她呢，我们下一讲就讲讲尤氏。

图书在版编目(CIP)数据

宝玉挨打 / 骆玉明著. —成都：天地出版社，2021.6（2023.3重印）
（骆玉明给孩子讲红楼梦）
ISBN 978-7-5455-6297-2

Ⅰ.①宝… Ⅱ.①骆… Ⅲ.①《红楼梦》研究—少儿读物 Ⅳ.①I207.411-49

中国版本图书馆CIP数据核字（2021）第039541号

LUOYUMING GEI HAIZI JIANG HONGLOUMENG · BAOYU AIDA

骆玉明给孩子讲红楼梦·宝玉挨打

出 品 人	杨　政	策划编辑	李秀芬
作　　者	骆玉明	责任编辑	曹　聪　王加蕊　李婷婷
绘　　者	〔清〕孙　温	营销编辑	陈　忠　魏　武
总 策 划	陈　德　戴迪玲	美术设计	刘黎炜
特约策划	向恬田	内文排版	书情文化
特约编辑	李　玫	责任印制	刘　元　葛红梅

出版发行　天地出版社
（成都市锦江区三色路238号　邮政编码:610023）
（北京市方庄芳群园3区3号　邮政编码:100078）
网　　址　http://www.tiandiph.com
电子邮箱　tianditg@163.com
总 经 销　新华文轩出版传媒股份有限公司

印　　刷	北京博海升彩色印刷有限公司
版　　次	2021年6月第1版
印　　次	2023年3月第9次印刷
开　　本	710mm×1000mm 1/16
印　　张	13.25
字　　数	176千字
定　　价	48.00元
书　　号	ISBN 978-7-5455-6297-2

版权所有◆违者必究
咨询电话：（028）86361282（总编室）
购书热线：（010）67693207（市场部）

如有印装错误，请与本社联系调换。

名家给孩子讲四大名著

中国当代知名文化学者

四大名著研究权威，首次为孩子开讲
让孩子喜欢读、能读懂、能读透、能读完的四大名著

《骆玉明给孩子讲红楼梦》
（全6册）

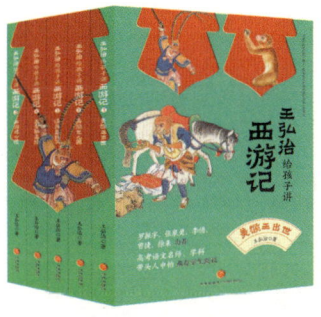

《王弘治给孩子讲西游记》
（全5册）

《鲍鹏山给孩子讲水浒传》
（全8册）

《李鹏飞给孩子讲三国演义》
（全6册）